安慰我的画

by *Woo Jihyun*

〔韩〕
禹智贤 著

王品涵 译

北京联合出版公司
Beijing United Publishing Co.,Ltd.

艺术作品中的温暖生命

文化大学心理辅导学系助理教授

台湾师范大学美术系兼任助理教授

江学滢

多年前，第一次在纽约现代美术馆（Museum of Modern Art）看见凡·高的《星夜》（*The Starry Night*）真迹时，我感受到一股从作品中散发出来的隐形力量。这股力量首先吸引着观赏者向前迈步靠近作品；观赏者进而仔细观看时，又有另一股力量从画面中散发出来，不断地把观赏者往外推。在这两股力量推拉之间产生的巨大的视觉吸引力，一直从画中每道具有流动感的线条上溢开，从每个角落蹿出，让丰富变化的色彩盈满莫名的能量。

这种吸引力让观赏者驻足更久，更专注地看着这幅作品。渐渐地，力量缓了下来，画面上的线条隐隐地动了起来，主动引领着观众进入这幅画，感受初夏夜晚的凉意。村里的人们都回家了，只有观众如旅人般在村路上行走，体会这神奇的夜色。这幅作品完成于 1889 年 6 月，正是凡·高精神疾病发作，住在圣雷米疗养院期间，他是在医生允许下外出作画的。

凡·高画中强大的情绪能量，通过独特的色彩、线条、造型、形式、风格等样貌，吸引着观赏者。不同的艺术作品，各有不同的情感表达形式，并不一定都像凡·高的作品般具有强大的情绪吸引力。这些创作者的内在情感，有时是内敛而隐微的，有时则满溢正向积极的精神，真实反映了创作者的生命样貌。这些无法言喻的感受，都以艺术的非语言形式，展现在观赏者面前。

身为观赏者的我们，时常担忧自己看画的先备知识不足，无法从认知的层面理解作品。当我们急着寻找作品说明时，可能会遗忘了作品本身具有的述说力需要我们用"心"去观赏。当我们用心走入创作者的心灵世界，也正与其进行跨越时空的心灵交流；通过观赏作品而连接起自我的生命阅历，则带给我们深刻的情感体验。而牵动人心的作品，不尽然是艺术评论者笔下的世界名作，也可能只是一幅名不见经传的小品，但其所触发的深刻情感足以升华成无言的泪水。

作者禹智贤在《安慰我的画》这本书中，不只是谈论画作的背景故事，也分享了许多个人在看画时同感共鸣的心灵体悟，书中引用的作品虽不完全为一般人耳熟能详，但每一幅画在她的感受与体会下，在在皆令人动容；加上译者王品涵优美的诠释，相信能让读者更真切地体会与个人生命经验和感受紧密连接的艺术观赏历程。

当我们面对每一幅艺术作品时，我们的视角与艺术家创作时的视角几乎是相同的，无论时空如何更替，通过艺术连接起来的生命感动与情绪体验，都将带领我们深刻地了解作品，也更了解自己。

绘画，一份触目可及的慰藉

作家、节目主持人

谢哲青

画中，有一名孱弱的女子，孤独地坐在荒野之上。她回头凝望，仿佛屋子里有什么事情在等着她响应，但是，你隐约可以感觉到，有某种不寻常发生在女子身上。没错，她的确不良于行，幼年时期所罹患的脊髓灰质炎，剥夺了她正常行走的能力。要回到屋内，女子唯一能做的，是伸出双手，一寸一寸地往回爬……

这幅名为《克里斯蒂娜的世界》（Christina's World）的蛋彩画，是美国新写实主义画家安德鲁·怀斯（Andrew Wyeth）于1948年完成的创作。枯黄的大地、苍白的天空，怀斯以出色的透视技法，铺展出虚旷而孤寂的空间氛围。画家曾在一次访谈中，深刻地为我们述说他的想法："虽然克里斯蒂娜的身体受限，但她的精神力量依旧强韧……她个人无比坚定的意志想征服的，不仅仅只是眼前的干涸，更是这看似毫无希望的世界……"

看着这幅画，我不由得想到欧洲启蒙时代的荷兰伟大哲学家斯宾诺莎（Baruch Spinoza）在《伦理学》中所言："希望是一种不稳定的快乐，这种快乐源自我们对未来某件可能不会发生的事情之结果抱持想象或怀疑的观念。"依照斯宾诺莎的看法，所有的希望都是虚妄，都是建立在不稳定现实之上的楼阁，希望叠得越高，往上爬的兴奋也越强烈；相对地，当现实发生地震时，也就摔得越深，伤得越重。斯宾诺莎告诉我们，要降低失望所带来的伤害，最好的方式是减少错误的期待；更进一步地说，所有的希望、期待都是错误，唯有消除希望，才能彻底"离厄厌苦"，获得真正的超脱。

　　回想我们年少时，一切都新鲜，似乎一切也都美好。我们都听过师长的告诫：世界是残酷的，现实是冰冷的，而生活是日复一日的单调无聊……但是，青春无敌，那些柴米油盐还很遥远，这些德惭凉薄也不存在，我们唯一拥有的，是涂抹在心中，对未来无尽的想象。

　　渐渐地，我们发现，大人世界的海洋，比学生时代的游泳池更加汹涌，也更加危险，我们收起张扬的羽翼，板起脸孔，学会在人群中隐藏自己……因为我们知道，太过张扬的自己，可能为身边的人带来困扰。"长大成人"，在某个程度上可以理解成学会压抑、削弱自己的感情；对远大未来的希望，是风中摇曳的烛火，是现实祭坛上的牺牲。有些人甚至关闭自己所有的感知，不去想，也不去感受，认真地告诉自己：希望是海市蜃楼的幻觉，是天真无邪的幼稚。

"这世界是美好的所在，值得我们为它奋战。"（The world is a fine place and worth fighting for.）海明威在小说《丧钟为谁而鸣》（*For Whom the Bell Tolls*）里写下这个掷地有声的句子。我想，怀斯只同意海明威所言的后半部分！我们贬低希望的同时，也失去一个值得憧憬的未来，失去义无反顾的动力。

通过《克里斯蒂娜的世界》，我们重拾对未来小小的心动，每一种可能的累积与实现，正是引领着我们通往幸福的青鸟。即使挣扎求生，也不能放弃希望。

这正是艺术带给我们的疗愈，一份触目可及的慰藉。这也是作者禹智贤在《安慰我的画》一书中所传递的感动——从日常生活的角度出发，通过细致亲密的文字叙事，让我们重新与"美"相遇，从而在发现陌生自我的艺术旅程中，学习如何与世界和平共处。

走进画中纾忧解惑

青田七六文化长

水瓶子

看画展欣赏西洋美术作品，最常见的说法就是要了解希腊神话、基督教、但丁的《神曲》，并熟知历史事件，才能看透一幅画背后的意义。这样说起来，若要欣赏绘画，真的非得学富五车不可，这根本不是释放压力，而是增加烦恼。

经常听到很多人会说："一定要加油哟！"这让我们在繁忙的工作与生活中承受更大压力，此类适得其反的想法所在多有。去博物馆、美术馆欣赏艺术展览，到底可不可以提高美学鉴赏能力，开拓更美好的人生？人与人难解的关系，是否真能在绘画中寻求答案？

自西方工业革命后，铁道的铺设使人类凭借火车得以快速移动，绘画上随之而来的改革，就是描绘的主角从天上的神祇、宗教的圣人，改变为平民百姓。画家更把画架背在身上，搭着火车到处取材写生，田园风景画于是兴起。与保守学院派对抗的印象派画家们，不只让光影跃上了画布，在现代化交通工具、建筑与设施之外，画作背后所刻画的，更是工业革命后人与人之间的紧迫感。

读完这本书，你会大为舒缓，原来欣赏印象派之后的作品竟是如此疗愈。作者先是分析人生中面临的低潮情绪，例如孤寂、忧伤、疏离、等待、渴望等，然后具体描述一幅画的情境，带入艺术家生活的背景，或是旁征博引当代大师的名言，默默把众多的信息无痛地置入读者脑中。或许这些大师的名字并非重点，重要的是这些话语和绘画是否能带给我们某种启发，让我们的人生有所体悟与收获。

在书中，我最喜欢的画作是犹太裔画家夏加尔的《埃菲尔铁塔下的新婚夫妻》。或许您还不太了解这位画家，对犹太人来说，日落是一天的开始，婚礼往往是此时才进行的，而新人则在宛如帐篷的"华盖"内，接受大家的祝福。在夏加尔的画中，充满了童年的记忆、传统的礼俗，令人印象最深刻的是每个人都轻飘飘地飞了起来，这样恒久的爱，一眼就能看出。

以前的人们，往往通过宗教信仰寻求慰藉，到教堂去看圣画，并由神职人员解说，以暂时寻得心灵的解脱。后来，艺术的普及让人人都得以欣赏，无须在神话故事、宗教教义上打转。而这本书的诠释，进一步开拓了艺术欣赏的视野，在人生打结的时刻，若能通过画作以第三者的不同角度进行思索，说不定就能因此解开烦恼与疑惑。

艺术可以不需要那么严肃、专业，只要让人看得开，放宽心，就有它的价值。请翻开这本书，放松、自在地让画里的世界走入您的心中。

自 序

与自己面对面的时光，
看看画

在我们的一生中，要承受难以计数的各种苦痛。为了活得无愧于心，为了成为好人，为了看起来强悍，为了得到更多的爱……忍了又忍，挨了又挨，咬牙撑过每一天。面对不见尽头的试炼过程，无论如何都必须为了保护自己拼命挣扎。

如同世事在冥冥中自有安排，我们总是得面对不幸一口气席卷而来的时刻；偶尔忘却自己为何而活，根本不晓得该怎么走下去的时刻；不知还会遭遇多少伤心事，一切安慰的话语再也起不了作用的时刻……在这些时刻，我会选择投入画里。

世界让眼泪聚集，而画作让眼泪坠落。每当想要逃离世界，我会选择凝视画作，以度过这段时间。既然再难过都得承受，看画便成了我安慰自己的方式。画，温暖地抚慰了总是感到厌烦、疲惫的心。每次看着画，都能从中获得新的力量。蕴藏着许多故事的画作，开阔了你我对世界的理解；引发共鸣的画中情境，为你我的心注入一股暖流。

画作不会告诉我们任何答案或提供解决的对策，它只会提问："你觉得呢？""此刻你心里在想什么？"画作抛出的问题，让我们不得不去寻觅答案。通过这些过程，我们得以全然地面对深藏心底的伤痛，体会跨越伤痛的出路，领悟与伤痛共存的方法；即使伤痛永远无法消失，至少也能学会让它伴随自己前行。

看画，是发现内在的自己。画，发掘了内心深处，带着我们前往过去难以抵达的陌生境地。所谓的"看画"，是令人恐惧又喜悦的冥想时刻，是窥视内在世界的深呼吸，也是面对内隐自我的过程。聚精会神地凝视画作，让我们倾听内心的声音，开启透析别人与自我的内在慧眼；最终，敲醒僵化的生活，逐渐引领我们迈向随心所欲的人生。

本书虽以客观事实为叙述背景，内容却极其主观。阅读前，不需具备任何相关知识或学问，只要此刻感到难过、孤单、需要慰藉，便可以走进画中的世界。对于画，不是学习，而是理解；不是分析，而是感受。绘画的根本角色，是让人感悟生命仍有延续的价值。看画，能启发你我对那些无甚意义、不确定却既存的事物产生想象空间。如果通过这样的思考过程能唤醒面对人生的喜乐，对我们而言岂不是获益良多？

我不敢妄言自己能对任何人发挥慰藉的作用，然而，我们的相同之处、我们毫无差异的部分、所有人都必须各自承受伤痛而活着的事实，才是我真正想传达的讯息。此外，我也想告诉大家，观赏画作是能带领你我面对伤痛的方法之一。一如画作抚慰了我，我只希望通过书中介绍的画作，也能带给任何人一点儿小小的慰藉。

这本书能够顺利面世，需要感谢太多太多曾经给予帮助的人。首先，诚挚感谢事事费心、尽力协助一切事务的ENTERS KOREA代表理事James Yang和组长朴宝英；感谢Chek Poong出版社毫不犹豫地采纳、信任笔者企划案的代表理事李希哲，以及细心修润稿件的编辑部次长赵日东。真心感谢始终鼓励与支持不完美的我的朋友、同事、前辈、家人，以及一辈子爱护、相信、陪伴我的父母，并向你们致以最高的敬意。最后，谨将本书献给所有需要慰藉的人。

痛苦终将过去，美丽却能长存。

——雷诺阿

目 录

日常 ── 如画，想要停下脚步的日子

关系 —— 你和我，以及我们

旅行 —— 为了找寻自己而踏上这条路

人生 —— 无论如何，日子仍在继续向前

日常
——如画，想要停下脚步的日子

幸福，就在微不足道的小事之中。期待着终将到来的至福，而非执着于总会离去的不幸。

今天，就能感受"当下"的幸福。活着，不就是真正幸福的人生吗？

在画里，
学会与悲伤共存

看画的人有各式各样的理由，而我主要是为了得到抚慰。

我甚至会选择非常悲伤的画，希望与画中人物的哀戚产生共鸣，

然后自我劝勉，从中得到慰藉。

人生在世，谁都可能陷入难熬的低谷

独自走在空荡的深夜街头，放眼望去，尽是大门紧闭的商店。霎时，雨水滴滴答答坠落，眼前渐渐雾成一片。气喘吁吁的呼吸声和紧促的心跳声围绕着我，我仿似无头苍蝇般奔跑着，突然停下了脚步。这时，我才懂了：孤独，是紧闭的心；心，是涌生的悲伤；悲伤，是眼泪。

人生在世，任谁都可能遭遇痛不欲生的时刻：被这牵绊，被那挂

碍，最终自然一事无成，爱情、工作、朋友、家庭……通通不尽如人意，坏事仿佛看准了时机，一口气接踵而来。像瑞士视觉艺术家费迪南德·霍德勒（Ferdinand Hodler）的《厌倦人生》（Tired of Life）一样，挣扎于煎熬的生活，再也挺不起疲惫身躯；像荷兰画家文森特·凡·高（Vincent van Gogh）的《悲哀》（Sorrow）一样，深陷人生低谷，却被不得不继续活下去的痛苦压得肩膀瑟缩；像法国画家埃德加·德加（Edgar Degas）的《等待》（Waiting）一样，再怎么等待、忍耐，生活仍旧无止境地重复……让人绝望不已。这些时候，我们总是苦苦挣扎，穷尽办法只为摆脱一切。

不久前，我打了通电话给从小同甘共苦的莫逆之交，通常只要一个眼神或声音，我们就能知晓彼此的想法或情绪。我想听见新婚的她幸福洋溢的声音而拨了电话，期待沉浸爱河中的她能让自己的心情好过一些……

"你在哪里？在干吗？""哦，我在百货公司，想来买几件内衣……"听见她缓慢地吐露出"买几件内衣"的瞬间，我有种"啊，一定出了什么事"的感觉。

一般来说，刚结婚的新娘买漂亮内衣是再寻常不过的事，但她却是每逢不顺心就会采购许多内衣的人。在我脑海中浮现她说过的话："看一看、摸一摸漂亮的内衣，然后穿上，就像是一份安定情绪的礼物。"

这是她抚慰自己心灵的方式；而当我需要安慰时，我会看画。

看画的人有各式各样的理由，而我主要是为了得到抚慰。发生难过的事时，我喜欢听悲伤的音乐，看悲伤的电影，借机痛快地大哭一场，然后感到通体舒畅。看画时，我甚至会选择非常悲伤的画，希望与画中人物的哀戚产生共鸣，然后自我劝勉，从中得到慰藉。

威尔汉姆·哈莫修依——以极简线条呈现虚无心灵

我静静地坐在房里，一页接着一页翻阅画册。在看到丹麦象征主义画家威尔汉姆·哈莫修依（Vilhelm Hammershoi，1864—1916）的《卧室》（Bedroom）这幅画时，我停顿了下来，凝望着画中卧室里的女人好一会儿。

梳着利落发型、穿着淡雅黑礼服的女人站在窗前，看起来宁静而孤独，漫溢着朦胧的神秘感，整理好的床铺硬挺挺地伫立在她两侧。也许因为还是尚未破晓的清晨时分，偌大的窗边并未绘出任何光晕。女人的视线望向下方而非前方，她正看着什么，在想些什么呢？虽然只看见背影，但是发型、穿着以及身体的剪影，早已充分透露出她的悲伤。

无声胜有声，背影也是如此。只能靠别人的双眼观察到的背影，或许就像我们永远难以看见也无法面对的悲伤内心。看着她的背影，才让人恍然大悟，原来这份悲伤，极其安静、无声无息地镶嵌在每个人的生

《卧室》 | 1890年 | 73cm×58cm

威尔汉姆·哈莫修依

命中。从女人身上可以感受到内心的混沌挣扎，这样的表现非常诗意，压抑的情绪反而让人更强烈地意识到她的难过。相较于全盘呈现，隐藏更能激发好奇与想象。仿佛冻结且难以捉摸的忧伤，牵引出更深层的共鸣。

我顿时忆起法国文学巨匠米歇尔·图尼埃（Michel Tournier）在摄影散文集《背影》（Vues de dos）中所写的一段文字："不知为何，背影的孱弱，反而更具冲击力；简洁，反而更具说服力。背影会说话，哪怕只看见一半或四分之一，也能听见铿锵有力的话语……"

哈莫修依的画风与心灵真正走向虚无，并以空房间作为画作场景，是从他迁居至丹麦的哥本哈根之后开始的。他与同行画家的妹妹伊妲结婚，两人自巴黎蜜月旅行归来，哈莫修依便如火如荼地寻觅落脚处。他想找一间弥漫老旧、古典气息的房子，于是刻意前往发展程度偏低的旧城区。一心想找到理想中住所的他，甚至拒绝接受设有冲水马桶的屋子。好不容易觅得合意的公寓，他还亲手将墙壁、地板漆成灰白色与深褐色，而且只在家中放了沙发、桌子、一架钢琴等几样极简化的家具。

将住所视为工作室的哈莫修依，会为了作画随时改变家具的摆设配置，甚至会依此决定妻子所站的位置。《卧室》这幅画中的女人，就是他的妻子。妻子和家，也成为哈莫修依作品的主要取材对象。

"线条"是哈莫修依画作最主要的重点。谈及"线条"时，他曾说道："我选择'线条'成为自己画作的主题，并将其视为构建图像的要素，紧接着则是'光'。我并非不重视'色彩'，甚至会努力地想要呈现色彩的协调性。然而，若非得从中择一时，我终究会选择'线条'。"

除了《卧室》，在哈莫修依绝大多数的作品中，都可见到将线条以水平与垂直并列表现的手法。例如在他的代表作《室内，1898》（Interior, 1898）中，覆盖着桌子的白色桌布，与摆放于后方的黑色梳妆台，两者互相对称；而直向垂落的窗帘，平衡了整幅画作。另外，完成于1908年的《室内》（Interior），在充满18世纪荷兰风情的屋内，妻子坐在椅上的背影，则通过反复描绘的直线与横线，呈现空间的透视感。

忧伤的背影，渴望的或许只是心有灵犀

评论家们一再以哈莫修依的画作隐晦不明为抨击理由，使他屡遭策展单位拒绝，随后他即因不受丹麦艺术界认同，渐渐被世界所遗忘。然而，自19世纪80年代起举办的巡回展览，又让哈莫修依重新引发了大众的关注。其中的特出之例包括：英国演员麦可·帕林（Michael Palin）收藏了他的画，并赞美其"巧妙融合了爱德华·霍帕（Edward Hopper）与约翰内斯·维米尔（Jan Vermeer）的绝妙之处"；奥地利诗人莱纳·马利亚·里尔克（Rainer Maria Rilke）也曾表示："他的作品拥有深长而缓慢的呼吸。当人们总算读懂他的画作时，便能从画中激发'艺术的重要性与本质为何'的思考。"差点儿因画作模糊不清的氛围而遭遗忘并消失的画家哈莫修依,终于再度受到世人瞩目,重拾应有的声望。

在哈莫修依的《卧室》中,卧室与其被视为日常且私人的休息居所,毋宁说更像密闭、隔绝而孤单的空间。盘旋于整幅画中的灰色调与平静的淡彩,即用于呈现内心世界的伤悲;如果静静地窥探这个弥漫沉默气氛的空间,便能体会跃然于画布之上的空虚感受。

卧室里的女人自始至终凝望的,是唯一能与世界贯通的窗户。不知怎的,我总觉得她真正需要的,或许是与某个人看似微不足道的心有灵犀吧?我再次想起一幅画能带来的慰藉力量……今天的我,也在心中描绘着卧室里的她。我深吸一口气,然后吐出。

无论悲喜，
下个清晨总会降临

无论身在何方，总会迎来清晨；

无论是谁，终究要面临清晨。

不要忘记，明天的太阳自会升起，

我们能做的只有学会鼓舞自己，每天尽力而为。

流转奔波中，皱纹越来越多，心越来越累

近午的早晨，电话铃声响了起来。

"是我……现在可以见个面吗？"

"现在不是上班时间吗？"

"我刚刚辞职了。"

"什么？为什么突然……"

"你来我家一下。"

铁定是发生什么事了。我匆忙处理好手边的事务，抵达她家时，只见她独自呆坐在关着灯的漆黑房间里。垂坠的双肩之间弥漫着浓郁的惆怅；若有所思的双眼，没有定向地游移着。她嘲弄着自己的脆弱，只是空洞地笑着，仿似要斩断所有念头地苦涩干笑。

我担心地赶紧询问："到底发生什么事了？"嘴里说着"没事"的她，看起来却很"有事"。

即便是接受过权威业界杂志专访，堪称是知名室内设计师的她，也同样背负着生活的重担。曾经深信只要努力工作就终将迎来梦想中的生活，却只有持续的痛苦日复一日袭来；比谁都更用心，事事尽求完美，时间却大幅改变了一切——皱纹越来越多，心越来越累。唯一不变的只有未曾间断的改变，最后甚至浑然不觉变化的存在，只是任凭时间流逝。

房内四处散落着她为了治疗失眠与胃食道逆流所服用的安眠药与各式药包。为了见客户，她总是踩着高跟鞋东奔西跑，以致脚上满是伤口，一道道都像是双脚发出的哀号……心疼的我皱紧了眉头。

此刻我总算明白，平常有意无意间抱怨生活辛苦的她，根本不是承受着甜蜜的负荷，或只是无病呻吟。此时什么也做不了的她，看起来无比狼狈，长长地叹了一口气。苦涩而落寞的心情，甚至渗进了我的胸口，感觉好痛……

被人抓住了肩膀使劲摇晃，漫无目的地熬过一天又一天后，偶尔也会怜悯起那个闷闷不乐、含辛茹苦的自己。苦撑着随时都像会死于窒息或遭到碾毙的每一天，始终发不出任何反抗的声音，却得孤军奋战地面对无力抵挡的人、事、物。

厌倦了"有空一起吃饭"的场面话，那不过是几年都见不到一次面的人所捎来的客套讯息。总是没来由地心生烦躁，涌起反胃的感觉；因为无法理清内心纷乱，终日挂着什么都看不顺眼的表情过活。有时甚至不知道为何而活，遗忘了该怎么度日。然而，最令人绝望的是，自己总有一种预感，或者说确信——就算到了明天、后天，也不会比现在更好，全然不会有任何改变。

有些清晨，就跟黑夜一样。有些日子，一点儿也不期待清晨到来。甚至有些时候，恐惧清晨的降临。而那一天，她所迎接的清晨，就有如爱德华·霍帕的画。

爱德华·霍帕——细腻刻画现代人的疏离与孤寂

美国写实主义画家爱德华·霍帕（1882—1967）格外喜欢描绘清晨的景色。最先让人想起的作品，就是在空无一人的巷弄里，仅有阳光虚无洒落的《星期日清晨》（*Early Sunday Morning*），以及《城中清晨》（*Morning in a City*）里，沐浴后以枯燥、乏味的神情展开一天生活的裸

《上午十一时》 | 1926年 | 71.3cm×91.6cm

爱德华·霍帕

女。《晨阳》（*Morning Sun*）则描绘一名坐在床上迎接清晨的孤独女子，这不只是霍帕最著名的作品，也是电影《雪莉——现实的愿景》（*Shirley: Visions of Reality*）的故事背景，电影海报即是以此画为蓝本而设计的。

1926年完成的《上午十一时》（*Eleven A. M.*），则是以淡然的笔触传神呈现现代人眼中死气沉沉的清晨。在这幅画里，有一个坐在蓝沙发上凝视窗外的女人。我们无从得知她究竟在看些什么，只知道女人的眼神正望向画面以外的某处。挂在墙上的相框和古色古香的抽屉柜，给人厚重感觉的桌灯和复古的木椅，红桌上散落着两本随意放置的书，而且从窗外的建筑外观推断，此处应是住宅公寓，而非饭店。

米色外套随手挂在女人右边的椅子上，从稍微烫过的卷发和穿在脚上的黑皮鞋来看，此刻的她应是舍弃了该上班的时间，一屁股坐进了沙发。既然画作取名为已来不及上班的《上午十一时》，想必这些都是正确的推测。是什么让她呆坐在沙发呢？

阳光拉长了影子。光线越是席卷而来，越是扩大内心的紊乱。晨曦悠悠映照，女人却被不可言喻的彻底孤独所缠绕。在接近真空状态的静谧中沉思，危险得仿似只要轻碰一下，她就会瞬间粉碎一地。即使散落的头发让人看不清她的表情，从那孤单、寂寞的眼神中，也能隐约察觉到她厌烦都市生活的空荡内心。身边没有任何人的空虚感，世界好像只剩自己一般，女人的模样，凄凉至极。极度悲惨的孤寂、内在翻腾的心境，画面停留在完整呈现情绪的刹那。比起渺茫的深夜，更像是黑暗的清晨。

霍帕笔下的清晨景色，描绘着所有现代人都曾经历的孤独。面无表情的脸庞、没有焦点的眼神，画里早已习惯空虚生活的女人，与现实中的你我极其相似。霍帕的安定人生看似毫无曲折，但从他如此细腻地刻画现代人疏离寂寥的内在，似乎也能推敲出他不安定的内心世界。

霍帕曾如此谈论自己的画作："我并不打算描绘社会的面貌，我仅仅是想描绘自己罢了。"不以社会观察者的角度，而是以画中人物的视角来作画，就是如此才让画作更贴近真实，也更能引起众人共鸣的吧。

希望，就是某种层面的等待清晨降临

霍帕的画往往存在着双重性。虽然画中的女人活着，呼吸着，时间却像静止一般；温煦的朝日，透露着冰冷的感受；耀眼的晨曦，却一点儿也不明亮。一如这世界不会永远冰冷或温暖，也不会永远漆黑或光明。虽然身处同样的空间，女人却像是脱离了背景而活，宛如被隔绝于世界；以窗户分隔室内与室外，如同内在自我与社会化自我的隔阂。恰如英国作家阿兰·德波顿（Alain de Botton）在《走访动物园》（*On Going to the Zoo*）一文中所述："爱德华·霍帕的画虽然悲伤，却不会让我们变得悲伤。"霍帕描绘出现代人内心的悲戚，反而能因此带给我们力量与慰藉。

任谁也无法保证明天清晨会发生什么事。又见清晨，清晨总是充满磨难。不要忘记，明天的太阳自会升起，我们能做的只有学会鼓舞自己，每天尽力而为。美国诗人亨利·朗费罗（Henry Longfellow）说过："希望，其实就是某种层面的等待清晨降临。"无论是阳光灿烂的清晨、朦胧欲晓的清晨、郁郁寡欢的清晨……永远不会有清晨不再来临的日子。无论身在何方，总会迎来清晨；无论是谁，终究要面临清晨。

知道这个事实之后，或许，我们会愿意继续支撑着自己走下去。

长伴左右，
心灵的秘密基地

无论什么样的音乐都拥有独特疗效，

通通摆进药店贩卖似乎也不为过。

有些歌曲，仿似一缕烛光在漆黑的夜晚抚慰人心；

有些音乐，适合在人生低潮之际反复聆听。

画里传来的悦耳琴声，让人心醉神迷

和煦阳光普照的午后，我随兴在钢琴椅上坐下。满身疮痍的旧钢琴，却承载着我满满的珍贵回忆。掸了掸铺满灰尘的乐谱，我轻柔地摆动起手指。有些琴键无论多用力敲击，都仍然沉默以对；有些琴键则索性完全陷落，毫不打算回复原位。尽管费了一番力气才能边看着乐谱边蹩脚地弹奏，依然觉得能够奏出和弦的手指很是神奇。

一个指令一个动作地跟随乐谱弹奏，不知不觉间，内心的不协调也渐渐沉淀，美妙的旋律萦绕着空荡荡的心。一如作曲家伦纳德·伯恩斯坦（Leonard Bernstein）所言："音乐，替无法命名的事物命名，甚而传达不可言喻的一切。"连自己都不知该如何定义的情绪，音乐却像早已通晓般，要我"别担心"。

钢琴，是印象派画家十分喜爱的素材。法国画家古斯塔夫·卡耶博特（Gustave Caillebotte）在《钢琴课》（The Piano Lesson）中，呈现两名女子并坐演奏钢琴的画面；爱德华·马奈（Édouard Manet）以《弹钢琴的马奈夫人》（Madame Manet at the Piano）描绘曾是自己钢琴老师的妻子苏珊娜·里郝夫；还有皮埃尔·奥古斯特·雷诺阿（Pierre Auguste Renoir）笔下无数与钢琴相关的作品，如《弹钢琴的女子》（Woman at the Piano）、《弹钢琴的少女》（Girls at the Piano）、《弹钢琴的伊凡娜与克里斯廷·勒侯罗》（Yvonne and Christine Lerolle at the Piano）。凡·高也在自杀那一年画下了《玛格丽特·嘉舍弹钢琴》（Marguerite Gachet at the Piano）。

《奏鸣曲》——光与色在韵律中相拥起舞

以钢琴为主题的画作数不胜数，而其中又数美国画家蔡尔德·哈萨

《奏鸣曲》 ｜ 1911年 ｜ 69.6cm×69.6cm

蔡尔德·哈萨姆

姆（Frederick Childe Hassam，1859—1935）的《奏鸣曲》（The Sonata）所表现的情感最为丰富。这幅画绘于哈萨姆留学巴黎返国后，埋首创作印象派作品时期，巧妙呈现了时刻变幻的光影瞬间。

暖洋洋的阳光洒落的窗边，倚着一架偌大的黑色钢琴。身着白洋装的女子坐在钢琴椅上起手演奏，悠扬琴声环绕房间的每一个角落。置于钢琴上的透明花瓶晶莹剔透，瓶里的花朵也愉悦地欣赏着演奏。此时，窗帘随着窗外吹进的凉风摇曳，女子的裙摆也乘风舞动。远处隐约的鸟鸣与沙沙作响的树叶声，仿佛搭配着女子的琴声，正举行一场管弦乐演奏。结合光与色的韵律，栩栩如生地构建出缤纷、浪漫的画面。

留法时深深为印象主义着迷的哈萨姆，将其与美国的写实主义结合，形成自己独有的画风。这种风格逐渐发展成美国传统的印象主义，而后他也与志同道合之士组建"十人画会"（The Ten American Painters）团体。哈萨姆与威廉·梅里特·蔡斯（William Merritt Chase）、埃德蒙·查尔斯·塔贝尔（Edmund Charles Tarbell）、托马斯·杜因（Thomas Dewing）等人在纽约卢埃尔画廊举办首场成员联展，并借此结缘，开启随后二十余年互相扶持、推广美式印象主义发展的岁月。

一如他乐于被称为"光与空气的画家"，哈萨姆极为重视环绕于空气中的光线。细看他笔下光线与色彩的柔美律动，耳边仿佛也响起悠扬的钢琴旋律。

哈萨姆凭借着漫溢着律动感的笔触的作品，在19世纪红极一时，不但获得普罗大众的喜爱，销量也屡创佳绩。他的画作至今仍是世界最大艺术品拍卖会苏富比和佳士得卖得最好的作品之一，成交价甚至创下美国绘画第三高的纪录。

哈萨姆的作品深受许多知名人士喜爱。美国前任总统奥巴马的白宫办公室里，就挂着哈萨姆的《雨中大道》（*The Avenue in the Rain*），画中描绘第一次世界大战时，市民要求坚持孤立主义的美国政府参战，而聚集在纽约第五大道的情景。瓶内黄花散发着耀眼光芒的《繁花之房》（*The Room of Flowers*），也因为被企业家比尔·盖茨以两千万美元买下而引发热议。

音乐与美术，有着彼此影响的力量

从古至今，音乐与美术即拥有彼此影响的力量。有借绘画反映音乐的画家，也有因绘画诱发作曲灵感的音乐家。

对法国画家拉乌尔·杜飞（Raoul Dufy）而言，音乐是洋溢感性的媒介，或许正因如此，在他的作品中屡屡能见到小提琴、钢琴等乐器，也常出现管弦乐团、音乐会、演奏家等与音乐息息相关的场景、角色。杜飞原本就很喜欢巴赫、莫扎特和德彪西，我们也不难从他献给莫扎特的《向莫扎特致敬》（*Hommage à Mozart*）、描绘德彪西乐谱的《向德彪西致敬》

（*Hommage à Debussy*）等作品中，感受跃然于画布之上的轻快节奏。

抽象艺术的始祖、俄国画家瓦西里·康定斯基（Wassily Kandinsky），也秉持"以色彩谱写乐曲和声"的理念，借画笔呈现音乐。他在1912年出版的著作《论艺术中的精神》（*Concerning the Spiritual in Art*）中提及："红是用力敲击的鼓，浅蓝是长笛，湛蓝是大提琴，深蓝则是低音大提琴。"这样的想法，可以从他的《构成第八号》（*Composition VIII*）、《多彩的合奏》（*Colourful Ensemble*）等作品中略知一二。

相对地，通过音乐呈现绘画的音乐家也不在少数。美国摇滚乐团Rachel's为奥地利表现主义画家埃贡·席勒（Egon Schiele）量身打造的专辑*Music for Egon Schiele*，通过忧郁、抒情的曲风，便足以让人深陷席勒的悲哀与超凡天赋；俄国作曲家莫杰斯特·穆索尔斯基（Modest Mussorgsky）也在自己的画家挚友哈特曼离世后，挑选了十幅遗作谱写十首乐曲，这就是曲调庄严而悲戚的《展览会之画》（*Tableaux d'une exposition*）。

深受西班牙黑画画家戈雅（Francisco de Goya）影响的音乐家，更是数不胜数。意大利浪漫派作曲家马里奥·卡斯泰尔诺沃－泰代斯科（Mario Castelnuovo-Tedesco）创作的《二十四首戈雅随想曲》（*24 Caprichos de Goya*），灵感正是源自戈雅的版画作品集《奇想集》（*Los Caprichos*）；获选为电影《钢琴课》（*The Piano*）创作配乐而声名大噪的英国作曲家麦可·尼曼（Michael Nyman），也曾写出歌剧作品《面对戈雅》（*Facing*

Goya）；被称为"作曲界戈雅"的西班牙作曲家恩里克·格拉纳多斯（Enrique Granados）所创作的钢琴组曲《戈雅画集》（Goyescas），则为"戈雅风格"做了淋漓尽致的诠释，而后也被改编为歌剧。

一段旋律、一首歌曲，有时更胜千言万语

偶尔，我不禁会思考着："如果没有了音乐，我们该如何活下去？"或许，根本没有人能够幸存。一小节歌曲，有时甚至比任何哲理蕴含的力量还要强烈；一首歌，有时更胜一百句话。

如同英国画家阿尔弗雷德·威廉·亨特（Alfred William Hunt）所言："音乐是能治愈内心伤痛的良药。"无论什么样的音乐都拥有独特疗效，通通摆进药店贩卖似乎也不为过。有些歌曲，仿似一缕烛光在漆黑的夜晚抚慰人心；有些音乐，适合在人生低潮之际反复聆听。飘然细语般的凄婉旋律，温柔轻抚着疲倦的心；甜美却掺杂哀伤情绪的轻柔曲调，蕴藏着理清紊乱心境的强大力量。

驻足回首，音乐陪伴你我走过无数时光。阐释记忆渐逝的初恋之歌、勾起第一次兜风回忆的音乐……听着法式香颂，忆起兴奋踏足香榭丽舍大道的画面；听见与朋友在随兴流浪之行中一起听过的音乐，宛如再次身历其境。眼前一片茫然，仿佛看不见未来时，第一个想起的永远

是"音乐";生命犹如跌进万丈深渊时，疯狂地让自己沉浸在音乐里；深感凄惨无比、一无是处时，总是一再靠着音乐熬过那些时刻。

时而悲伤时而欢乐的人中，始终随侍在侧的音乐，从伤痛之中救赎我们，然后再送上一份闪着耀眼希望的礼物……这就是音乐的伟大之处。每个人内心深处都有一个珍而重之的秘密基地，或许，那就是一个悠扬旋律不绝于耳的地方。

好好哭一场，
释放内心郁结

人的心底，藏有数之不尽的伤痛。

当这些伤痛积累得再也无处可放，便成了潸然而下的眼泪。

哭不能解决问题，但不哭却会产生更多问题。

像洗衣般，把复杂的情绪一件件涤净

笑不出来的日子，从未间断。话虽如此，却也流不出一滴眼泪，只是觉得痛楚。人类的悲伤，刻骨铭心且使人意志消沉，甚至无法轻易消逝。极力想抹去悲伤痕迹，却怎么也消除不了。这时，我会习惯性地洗衣。

再也没有任何行为比洗衣更适合用来具体化地洗涤悲伤。将混乱堆积的待洗衣物一件一件地分类，有如细细审视自己内心的复杂情绪，努

力厘清悲伤根源。只要用双手使劲搓揉，双脚用力踩踏，烦心事似乎就能随着洗出的污垢一点儿一点儿地消失。以清水冲洗数次，使尽全力扭干后，将衣服逐一晾起，顿时感到通体舒畅。衣物在温煦的阳光下变得干燥，似乎也能感觉到内心的悲伤随之风干。

自人类开始穿衣后，"洗衣"的行为便随之诞生。原始时代，人们大多基于礼仪、美德、宗教等目的而洗衣；随着文化发展渐盛，渐渐转为基于社交与卫生考虑而洗衣。从古代壁画中，便能窥见过去即存在着洗衣的行为——古埃及有专门负责洗衣的人员；除了衣服，古希腊人也以双脚踩踏的方式清洗寝具。

最贴近生活的景象，在画中有着多变的样貌

将洗衣视为欢乐的游戏而非单纯的粗活，是许多画家钟爱的题材。法国画家戴奥菲·笛霍乐（Théophile Deyrolle）的《洗衣妇》（*Les Lavandières*）描绘洗衣妇女谈笑风生的模样，呈现盎然朝气；芬兰画家艾琳·丹纳森·甘柏吉（Elin Danielson-Gambogi）的《晒衣》（*Laundry Drying*），写实地画出妇女在乡村后院晒衣的景象；美国画家查尔斯·柯伦（Charles Courtney Curran）的《影子》（*Shadow Decoration*）则以晒衣女的背影为构图主题，映照于净白衣物上的树影完美营造了恬静氛围。

说起最常描绘洗衣景象的画家，则非法国画家保罗·高更（Paul Gauguin）莫属。而高更开始以"洗衣"为创作主题的契机与地点，正是他曾与凡·高同住的南法乡村——阿尔勒（Arles）。

高更在阿尔勒画了许多以洗衣为题的作品，像描绘妇女们在秋高气爽的十月于江边洗衣的《阿尔勒的洗衣妇》（*Washerwomen in Arles*），即以强烈的色彩对比，勾勒出具有冲击力的视觉效果；《运河边的洗衣妇》（*Washerwomen at the Roubine du Roi Arles*）则弥漫自然主义的笔触，巧妙传达原始气息。此外，相较于聚焦在人物上，《蓬塔旺的洗衣妇》（*Washerwomen at Pont-Aven*）则更为完整地描绘洗衣场地，重现乡村田园的生活风貌。

对于习惯了巴黎大都市文明的高更，阿尔勒的洗衣景象成为他眼中"原始"的代名词，也使他逐渐接受类似在河边洗衣这样的"传统"行为。于是，高更以异乡人好奇的目光，画下各种洗衣的景象。

提到以晾衣为创作主题，就不禁让人想起法国画家贝尔特·摩里索（Berthe Morisot）。以工厂与乡村为对照背景的《晾衣洗衣妇》（*Laundresses Hanging Out the Wash*），以及她离开巴黎投入乡村生活后所画的《晾衣农妇》（*Peasant Hanging out the Washing*），都是她的代表作品。

不过，两幅画却给人截然不同的感觉——前者呈现乡村的悠闲与欢乐，后者则聚焦于晾衣的写实感。同一位画家在背景类似的乡村描绘晾衣的画面，却能以全然不同的构图和视角表现，饶富意趣。

撇开上述相异之处，两件作品的绘画技法其实相当类似。摩里索活用印象派绘制动感光线的独有笔触，并以艳丽的色彩突显晾衣景象。或许正因她对描绘光线的精益求精，才得以使自己借晾衣画抚慰初尝乡村生活的陌生感。

约翰·斯隆——抒情诗般和煦的人文主义

　　跟高更、摩里索一样画下许多洗衣画的人，还有美国写实主义画家约翰·斯隆（John Sloan，1871—1951）。斯隆有时将洗衣当成主题，有时又以洗衣为背景，将其反复呈现于不同画作。

　　描绘一名妇女在公寓阳台晾衣的《做事的女人》（A Woman's Work），表达出晾衣这件工作既累人又有成就感的氛围。在《格林尼治村的后巷》（Backyards, Greenwich Village）中，正是寒风吹拂巷弄、积满白雪的时节，孩子们在洗好的衣物下堆雪人，场景虽为严冬，却洋溢着暖乎乎的感觉。以随风摇曳的洗净的衣物为背景，生动描绘妇女们在顶楼吹干头发的《星期天洗晒头发的妇女》（Sunday, Women Drying Their Hair），则巧妙呈现假日午后的悠哉与浪漫。

　　主张画作应与日常生活联系的约翰·斯隆，敏锐地运用画笔勾勒朝气蓬勃的都市生活。他出生自洛克海文市，直到长眠于汉诺威为止，终

《风和日丽的顶楼》 | 1915年 | 60.96cm×50.8cm

约翰·斯隆

其一生都在美国度过，艺术创作的泉源理所当然也是来自美国。

1904年迁居纽约的斯隆，同样如实地呈现当时纽约的多样化景色。从其创作中不难窥见，他常以略显涉世未深的眼光观察巷弄、顶楼、庭院等地点，画下充满人情味的作品。俗丽的曼哈顿红灯区、闹哄哄的户外广场、看电影的人群、巷弄间奔跑嬉闹的孩子、庭院中种树的女人，借斯隆充满暖意的笔触，仿佛都成了你我身边亲切的街坊邻居。

换句话说，斯隆的画为微不足道的日常景象赋予了灵魂，他借画笔精妙地捕捉了那些容易被忽略的瞬间，习以为常的都市风貌于是也有了自己的缤纷色彩与纤细轮廓。弥漫着和煦人文主义的每幅作品，就像一首首抒情诗般，温暖了我们的心。

在斯隆以洗衣为背景的画作中，最能完美呈现温柔、感性情绪的作品，当数《风和日丽的顶楼》（*Sun and Wind on the Roof*）。

这幅作品描绘一名女子在宽敞无际的顶楼晾衣，日光洒落女子全身，她赤脚晾衣的模样，给人自由明快的感觉。干净的衣物随风摆荡的瞬间，栩栩如生得如同电影画面呈现眼前。

女子在顶楼晾衣，艳阳映照着她的背。就像随风肆意起舞的衣服，女子的心也跟着波动荡漾。紧闭的双唇，衔着难以言喻的悲伤；专注于晾衣工作的眼中，闪烁着渴望消除悲伤的思绪。

对她而言，洗衣的过程，是让自己被冷漠现实磨蚀殆尽的心焕然一新的最佳媒介。暂时摆脱烦闷、压抑的真实生活，在暖阳普照的顶楼晾衣，将长久累积的恼人灰尘一扫而空。略显强劲的风迎面吹来，吹散了忧郁；曾以为会阴魂不散地缠着自己身心的苦难与伤痛，也消失得无影无踪。

不要压抑，让自己恰到好处地悲伤一回吧

人的心底，藏有数之不尽的伤痛。如同聚集的云朵最终形成了倾盆大雨般，当这些伤痛积累得再也无处可放，便成了潸然而下的眼泪。无法宣泄的眼泪若一直堆积在心里，到头来只会变成一摊发臭的苦水。偶尔，我们也需要好好哭一场。哭不能解决问题，但不哭却会产生更多问题。

悲伤时，静静回顾其中的根源，不要压抑，就让自己恰到好处地悲伤一回。无须强装成熟，只要记得在悲伤过后擦干眼泪起身就好。我们要做的不是克服悲伤，而是消化悲伤；不是战胜悲伤，而是抚慰悲伤。有时候，不妨刻意让自己大哭一场，借此释放内心的郁结，让一切随着眼泪流逝吧！

日常的幸福，
送给自己的小小奢侈

把握近在眼前的幸福，才是聪明的人生哲学。

不做任何努力，痴痴等着幸福找上门的人，是最不幸的，

幸福只会为了那些珍惜幸福并为此实践与行动的人而绽放。

我们要做的不是追求幸福，而是意识到幸福

我们总是因为冀求过多的幸福，而难以感到幸福；为了追寻更多幸福，反倒忽略了近在眼前的幸福。有时，我们甚至会刻意无视早已拥有的幸福，每每想着："这么好的事，怎么可能找上我？"结果亲手摧毁了应得的幸福。试着将幸福罗列在自己专属的橱窗内，就像太过自信的背后往往反映出自卑，想要展示"幸福"，终究只是暴露"不幸"的真相罢

了。我们要做的不是追求幸福，而是意识到幸福；不是梦想幸福，而是感受幸福。"幸福"是什么并不重要，重要的是"幸福的感觉"。

我有一位挚友，她每当觉得内心烦郁，生活苦闷，需要转换情绪时，就会去买口红。光是擦一擦口红这个动作，就能一扫她心里的烦忧；口红湿润的触感与浓郁的香气，更能让她瞬间沉浸在幸福之中。看着美丽的颜色，心情随之焕然一新，这就是借色彩稳定情绪的"色彩疗法"。花一点点小钱就能带来心灵的满足，对身为平凡上班族的她而言，口红是唯一的奢侈，也是她送给自己的礼物。

我想起不久前，她收到我送的橘色口红时，雀跃得就像个孩子，露出天真烂漫的笑容。看见一支小小的口红就能让她如此开怀，我也不由自主地跟着感到幸福。对于总是为了无谓之事烦恼、难以单纯享受快乐的我，她仿佛亲身向我示范了何谓"幸福"。

或许，口红带来的快乐只是刹那的感动、暂时的情绪转换……然而，持续不断的幸福原本就不存在，学会享受当下的幸福，说不定正是你我体会人生乐趣的唯一途径。

为了小事而满足、时刻懂得知足的她，无疑是幸福之人。或许有些人会排斥刻意去营造"幸福"的感觉，但是感受幸福，靠的不是"头脑"，而是"心"。总是难以"随心所欲"的"心"，反而更需要时时努力经营与关怀。

小小的奢侈，也算是一份送给自己的幸福礼物。所谓的"奢侈"，不一定只意味着物质层面的满足，它可以是"时间"或"空间"，也可能是"情绪"或"心灵"。虽然每个人感受幸福的渠道都不相同，但只要能意识到自己是通过什么样的方式体会幸福的，至少也算是一种成功与自我沟通的证据吧。

《化妆的女人》——平凡生活中的幸福样貌

看着挚友借送自己口红感受幸福，也让我想起了美国印象派画家弗雷德里克·卡尔·弗里塞克（Frederick Carl Frieseke，1874—1939）的画作《化妆的女人》（*Before Her Appearance*）。

坐在梳妆台前的女人，左手持着小手拿镜，右手拿着口红，正专心地化妆。梳妆台上散落着粉扑、粉盒，腮红刷也出现了，不难推测化妆已经进行到最后步骤。阳光映照出女人的背部线条，若隐若现的光线洒落在房间的每一个角落。从后方投射而入的阳光，通过镜子，再次反射到女人身上，映得她的脸庞更加耀眼。由梳妆台垂落的绿色长项链，经由阳光照射，散发出绿光；洋装下摆的蕾丝，争相绽放。质感细腻的画工，华丽且优雅地呈现出柔嫩滑顺、光芒夺目的画面。从画布倾泻而出的光彩，仿佛转瞬就会消失。

弗里塞克出生于美国，在那里学习艺术相关课程后，二十三岁时，

《化妆的女人》 ｜ 1913年 ｜ 130.18cm×130.18cm

弗雷德里克·卡尔·弗里塞克

他前往巴黎，而后即在法国度过人生的大半岁月。相较于其他美国第二代的印象派画家主要沿袭法国画家克洛德·莫奈（Claude Monet）的画风，弗里塞克虽然就住在莫奈位于巴黎郊区吉维尼的宅邸隔壁，却因深深崇拜雷诺阿，而选择了追随雷诺阿的脚步。弗里塞克主要以人物画为创作主题，而非创作风景画或静物画，尤其喜欢描绘女性日常的模样。仔细观赏他的画作，在女人圆润的脸部线条与漫溢感性的构图，以及绚丽的光线、色调中，不难窥见雷诺阿的踪迹。

描绘裸女躺卧在软绵绵的床上酣睡的《眠》（Sleep），成功捕捉宁静的瞬间；《投影》（Reflections）中戴着绿色项链凝望镜子的女人背影，则应了世人赋予他的"绿光魔术师"称号，将神秘绿光的美感呈现到了极致。在《门口》〔In the Doorway（Good Morning）〕中，他巧妙描绘女人撑着阳伞回家的瞬间景象，以门槛划分屋内外的光与影，此作堪称其出色的代表作。品茶的女人、散步的女人、阅读的女人等，各式各样的女性的日常样貌，都是弗里塞克爱好的创作主题。

曾有人因画作中女性的服装多为人工修饰，光线与色彩皆属人为添加，批判弗里塞克是"修饰派印象主义者"，不过这些言论丝毫未影响其画作散发的耀眼光芒与华丽感，依然有许多人想要收藏他的作品。弗里塞克执着于细腻地呈现完美的光线，甚至因而被称为"光之画家"。"我要的就是阳光，阳光里的花、阳光里的少女、阳光里的裸体……过去八年，我都是在阳光底下见到这些景象的，只要能如实画出眼里所见

的一切，我就会感到幸福。"听完这一席话，必能体会他对光线的着迷
程度。

感受当下的快乐，珍惜眼前的人生

通过弗里塞克所追求的光线，《化妆的女人》勾勒出日常的幸福
模样。一名女子的平凡生活，经过画笔加持，变得明亮而艳丽，传达出
愉悦、平静的感受，也让人赫然惊觉：一般所谓追求幸福的必备"条
件"，根本毫无意义，我们有必要重新思考何为幸福的真义。

小时候，我的志愿就是"拥有幸福的人生"，我深信这是一生最重要
的事。然而，从某个瞬间开始，我突然领悟到人生并不存在"幸福"这个
选项。这么说并不代表人生只有不幸，况且有时候，不幸也会带来幸福。
听来或许有些荒谬，但人生原本就是由各种"荒谬"组合而成的。人的一
生，反复经历着各式的幸与不幸，不幸或许还占据了更多比例。但可以确
定的是，不幸绝不会因为你我拒绝面对就乖乖离开我们的人生。

静下心好好想想，幸福，就在微不足道的小事之中。期待着终将到
来的至福，而非执着于总会离去的不幸。今天，就能感受"当下"的幸
福。活着，不就是真正幸福的人生吗？

一如美国诗人詹姆斯·奥本海默（James Oppenheim）所言："愚者追

求遥不可及的幸福，贤者在自己的脚边播种幸福。"把握近在眼前的幸福，才是聪明的人生哲学。不做任何努力，痴痴等着幸福找上门的人，是最不幸的，幸福只会为了那些珍惜幸福并为此实践与行动的人而绽放。真正的幸福，不在绚烂耀眼的地方，而是始于平凡无奇之处。细细咀嚼"幸福就在不远处"的道理，以此作为送给自己的小小奢侈吧！

一杯热咖啡，
啜饮人生况味

小小一杯咖啡，平淡苦涩，却有着掩不住的浓郁香气。

其实咖啡很像你我的人生，苦甜参半。

如果人生也像咖啡一样，

只要加入糖浆便能适度调整苦味，不知该有多好。

咖啡的芳香温热，缓缓融化了身与心

心情，有一股浓缩咖啡的味道。总有这样的日子，苦涩味不断在口中打转……面对冷不防找上自己的焦虑，总显得束手无策……此时，咖啡是让我们不再感觉孤军奋战的最佳伴侣。就连开创帝国盛世的亚历山大大帝也曾说过："事实上，面临排山倒海而来的困境，我们的内心都存在着最纯粹的渴望——一杯热腾腾的咖啡。"咖啡，确实有着给人鼓舞与慰藉的力量。

一杯咖啡，陪我展开全新的一天。看着沸水缓缓冒起泡泡后，在滤杯里装上滤纸，放进磨好的咖啡，接着以画圆的方式，由内向外缓缓倒入沸水冲泡。仿佛只要全神贯注地冲泡出一杯完美的咖啡，便足以甩开所有烦恼，屋内也随之弥漫着浓郁的香气。

拿起杯子，浅尝一口，内心的忧虑也跟着一件一件消失。浓醇的咖啡味，最终回甘成了一丝驻足舌尖的幽香。让人心情大好的苦味，伴随清爽的酸味，最后转为缭绕口中的甜味，品赏中心情也跟着安定下来。聆听内心奏出的和谐旋律，享受片刻恬静，绝对是任何事物都无法替代的宝贵瞬间。

沉醉于咖啡的香浓之际，窗外忽然哗啦哗啦地下起雨来。适合任何天气、氛围、心情的咖啡，似乎更是雨天的必需品，在这样的时刻，更让人渴切地想啜饮热乎乎的一杯。

静享着雨天和馥郁的咖啡香，让人想起了意大利画家文森佐·伊罗利（Vincenzo Irolli，1860—1949）的作品——《窗边》（*At the Window*）。伊罗利以一名女子在雨天喝咖啡为主题，完成了静谧又生动的画作。雨丝渐粗，不知不觉间，被雨水浸湿的庭院波光粼粼。盛开于花圃的花朵，个个挺直腰杆儿，尽情淋雨；叶子则随着风雨恣意舞动。如此景象，仿佛是悲伤的老天在啜泣，而树木与花朵却欢欣鼓舞地灿笑着。

穿着黑色洋装的女人坐在桌旁，静静低头凝视杯子，端庄而优雅。

她像是陷入沉思般，迎接着悠闲、宁静的早晨。隐约的雨声，浸得咖啡香气略显湿润……她全心全意只专注于眼前的咖啡。从天降落的雨滴，凝结住咖啡香，让香气留在女子身边更久一些，而她正以敏锐的嗅觉深层地品味着。咖啡杯的热气，透过双手缓缓融化了身与心。望着一边聆听雨声一边悠闲享用咖啡的女子，让人也迫不及待想喝上一杯……

咖啡是艺术家创作的动力，也是疗伤的伴侣

自古以来，即有许多热爱咖啡的画家。他们仰赖咖啡熬过创作的艰辛，咖啡也成了他们重要的灵感泉源，凡·高是其中之一。他生前最喜欢的咖啡，是有"咖啡女王"之称的摩卡马塔里（Mocha Mattari），其命名源自也门最大的咖啡贸易港——摩卡港。摩卡马塔里是产自也门马塔高地的顶级咖啡，浓郁的果香与酸气为其独有特征。

凡·高对咖啡的热爱程度，从其画作中可见端倪。待在阿尔勒的那段时期，他经常光顾彻夜经营的咖啡厅Le Café la Nuit，并在那儿花了三个晚上完成《夜间咖啡馆》（*The Night Café in the Place Lamartine in Arles*），以及描绘咖啡厅老板娘纪奴夫人的《亚尔妇人》〔*L'Arlésienne*（*Mme. Ginoux*）〕，而《夜晚的露天咖啡座》（*Café Terrace at Night*，又名*The Café Terrace on the Place du Forum*）尤为闻名。凡·高以咖啡

《窗边》 | 68.2cm×68.2cm

文森佐·伊罗利

为主题的其他创作，还包括1884年的《咖啡磨豆机、烟斗盒与水瓶静物画》（*Still Life with Coffee Mill, Pipe Case and Jug*），以及1888年的《静物画：蓝色陶瓷咖啡壶、陶器与水果》（*Still Life: Blue Enamel Coffee Pot, Earthenware and Fruit*）。

除此之外，意大利画家乔凡尼·巴蒂斯塔·提埃坡罗（Giovanni Battista Tiepolo）、卡纳莱托（Canaletto）与阿梅代奥·莫迪利亚尼（Amedeo Modigliani），以及西班牙画家帕布罗·毕加索（Pablo Picasso）、高更、马奈、雷诺阿……还有其他数之不尽的创作者，也都在咖啡厅里一边品尝咖啡一边构筑自己独一无二的艺术世界。

也有人如以下几位法国画家，选择将喝咖啡的景致放进画作。皮埃尔·勃纳尔（Pierre Bonnard）描绘女子与宠物犬坐在桌边喝咖啡的《咖啡》（*Coffee*），呈现悠哉氛围；曼纽尔·侯伯（Manuel Robbe）笔下洋溢田园风情的《厨房内磨咖啡豆的女人》（*Woman grinding Coffee within a Kitchen Interior*），画出女子在狭窄厨房里用磨豆机磨碎咖啡豆的景象；罗伯特·德洛内（Robert Delaunay）的《咖啡壶或葡萄牙人静物画》（*Coffee Pot or Portuguese Still Life*），则像是一首诗，精准地凝结住屋内溢满咖啡香的瞬间。

不用颜料，选择直接以咖啡作画的现代画家同样大有人在。马来西亚画家Hong Yi，以残留在马克杯底的咖啡渍，创作出巨幅肖像画；美国咖啡艺术家凯伦·伊兰德（Karen Eland），以运用浓缩咖啡作画而闻名；

韩国画家崔达寿（Dal-Soo Choi）则是在选用咖啡豆创作后，再活用剩余的咖啡粉末，营造画作的多层次质地。

热爱咖啡的音乐家更是数不胜数。贝多芬每天清晨一睁开眼，便动手研磨六十颗咖啡豆，放进玻璃咖啡滤壶中烹煮饮用，尽管晚年深受听障问题折磨，咖啡仍是他抚慰孤寂的最佳好友；勃拉姆斯半夜醒来时，会从滤壶中倒出咖啡，一边品饮一边作曲；坐在台球桌边的莫扎特喝了一口咖啡后，每看着台球撞击桌面四周一轮，便写下曲子的一节；巴赫甚至写下了《咖啡清唱剧》（Coffee Cantata），表达对咖啡的着迷；以Piano Man一曲闻名的美国歌手比利·乔（Billy Joel），也曾在歌中提及："There's comfort in my coffee cup."（我能在咖啡杯中寻得慰藉。）

说到对咖啡的热爱，当然也少不了文人雅士。因日夜埋首写作而被戏称为"文学劳工"的法国作家巴尔扎克，每天得喝上五十杯咖啡，他曾经在《咖啡颂歌》中写道："从咖啡滑进胃里的瞬间起，一切才开始运作。"美国作家海明威，不仅让自己平时爱喝的古巴水晶山咖啡现身于《老人与海》，也因为在另一部小说《乞力马扎罗的雪》中提及坦桑尼亚咖啡，使这款咖啡随之名声大噪。英国作家J. K.罗琳靠着一杯咖啡战胜怀才不遇的现实生活，在苏格兰爱丁堡的小咖啡馆里，写下了全球畅销小说"哈利·波特系列"。对艺术家而言，咖啡是创作的原动力，也是抚慰伤痛的伴侣，一如我们的生命，孤独却炽热。

清晨、午后、夜晚，都适合来一杯温暖慰藉

小小一杯咖啡，平淡苦涩，却有着掩不住的浓郁香气。其实咖啡很像你我的人生，苦甜参半。如果人生也像咖啡一样，只要加入糖浆便能适度调整苦味，不知该有多好。

对不同的人们而言，咖啡可能是最足以集中注意力的良方、最理想的能量来源，抑或是最温暖的慰藉。清晨的一杯咖啡，为崭新的一天灌注活力；午后的一杯咖啡，一扫慵懒下午的疲惫；夜晚的一杯咖啡，则赋予深沉的安全感。

度过行程满档的一天，我随即奔向咖啡的怀抱。喝着咖啡，抚慰焦躁的情绪，整理紊乱的思路，以暖乎乎的热气，送走内心的混沌不清……

快乐很简单，
吃一口 Soul Food 就好

我们在某些日子里吃到的食物，会默默地躲在身体或内心一隅，
悄然散发温暖的气息，成为你我的生活能量。
只要一份拥抱灵魂的Soul Food，就可以带来慰藉，为我们制造快乐。

食物的滋味，盛载着许多难忘的记忆

每个人，都有自己难以忘怀的味道。造访某些地点、迎接特定季节
时，随即会想起的食物，我们称之为Soul Food——一种承载着回忆的饮食。

下雨天，和三五好友在钟路某巷弄内共享的韩国米酒与葱煎饼，
安抚了青春时期躁动的心；严寒时，细细拌匀热腾腾的白饭与豆渣锅汤
汁，让人怀念起温暖的家乡味。对我而言，彻夜处理画作事宜时，一块

香味浓郁的巧克力软心蛋糕就能立刻抚慰精疲力竭的身心，堪称最佳提神良药；外皮金黄酥脆的炸鸡搭配一杯冰凉的啤酒，正是忙得昏天黑地时的一丝曙光。某个深夜，我拖着疲惫的身躯回到在雅典的老房子，煮沸热水，加点儿辣椒酱，与朋友不顾形象地吃着被戏称为"自然卷"的泡面，那滋味直叫人永生难忘。

食物，虽是人类最原始且基本的需求，却具有不亚于绘画的创意价值。从小就喜欢各式手作的我，除了绘画之外，最喜欢的就是料理了。生长在双薪家庭，必须帮忙照顾弟弟妹妹三餐的我，经常得下厨，但这并不只是因为自己肩负大姐的责任，还因为我喜欢料理，也很享受料理的过程。

配饭的小菜、填饱肚子的简单点心……都是我和弟弟妹妹经常一起做来吃的食物，而其中出现最频繁的，当数辣炒年糕了。加进酱油、辣椒酱、炸酱、咖喱等不同酱料，或是替换不同配料，便能调制成口味各异的年糕，堪称是千变万化的菜色。只要一盘炒年糕摆上桌，看起来就很丰盛，这是我心目中最简单的佳肴。

我对炒年糕的热爱异于常人。小时候，跟朋友在学校门前的路边摊，用牙签把纸杯中的年糕叉成一串，呼呼地吹凉，一口接着一口填进肚子；大学时，和同学靠着热腾腾的炸酱炒年糕慰劳总是饥肠辘辘的青春肉体；寒风凛冽的日子，走进几经打听总算在瑞士找到的韩国料理店，满身大汗地吃下超辣年糕，一扫整趟旅程累积的疲惫。

近来，每当身心俱疲时，只要一碗炒年糕，便能替我注入满满的能量。肚子饿起来的时候，我会为了吃上一口劲辣、爽口的辣汤炒年糕特地跑一趟麻浦；想念起古早味，则会前往文井洞的年糕街；没有胃口了，就随即起身造访新堂洞，吃点儿甜中带辣的现炒辣年糕。炒年糕像是永远都吃不腻的味道，应该也是所有韩国人都爱不释手的Soul Food吧！

《厨房里的少女》—— 料理，是一种温暖的疗愈

《厨房里的少女》（ *Girl in the Kitchen* ）是丹麦印象派画家安娜·安卡尔（Anna Ancher，1859—1935）的作品。这幅画，总让我想起过去喜欢料理的自己，因而惊喜不已。

画中，一名少女在厨房做菜，她利落束起的头发、整齐卷起的袖口、垂落的长裙，看起来端庄而整洁。料理台旁的桌上有碗盘、抹布、提篮，长桌上则摆着两尾新鲜的鱼和沾满泥土的蔬菜。

少女用熟练的手法，清理着一株株刚从庭院拔起的新鲜食材。她将蔬菜切成适当大小，可能想做成凉拌蔬菜佐酸甜酱，也或许是想将其通通倒进锅里，与整尾鲜鱼一起煮成口味清淡的炖鱼锅。真好奇她究竟会做出什么样的料理……

我的心思，立刻就被神奇的自然光拉进画里。透进窗户的日光，因

《厨房里的少女》 | 1883 — 1886年 | 87.7cm×68.5cm

安娜·安卡尔

窗帘的遮挡显得有些朦胧；敞开的门与隔壁房间耀眼的阳光融合，呈现和煦、静谧的画面。若隐若现的光线映在少女脸庞上，成功营造出温馨的氛围；墙壁与地板反射的光线，替看起来略显孤单的厨房注入一丝盎然生气。

由窗帘缝隙悄悄溜进屋内的阳光，像是在殷切地给少女鼓舞、打气；站在让心情豁然开朗的阳光中做菜，使少女更显热情洋溢。

安卡尔出生于丹麦的斯卡恩（Skagen），此地位于日德兰半岛最北端的海洋交界处，她是家中五个孩子里的长女。安卡尔从小便拥有过人的艺术天赋，当时有许多画家皆留宿于她父亲经营的饭店，并在此从事各式创作，她也因而在生长过程中深受熏陶，养成了对艺术的独到思维。

后来，她在哥本哈根的艺术学校学习了三年绘画，随即前往法国巴黎，进入皮耶·夏凡纳（Pierre Puvis de Chavannes）的画室从事创作，确立个人画风。几年后，安卡尔重回斯卡恩，在1880年与同为画家的米凯·安卡尔（Michael Ancher）结婚，生下女儿海格，并就此定居斯卡恩艺术村。

在当时的欧洲社会，女性不太有机会接受教育，婚后还得承受"已婚妇女必须全心全意照顾家庭"这样的社会期待，女性在陌生男性面前露出容貌甚至被视为禁忌。因此，女性根本不敢妄想能在婚后继续以全职画家的身份活跃于艺术界。但安卡尔并未就此屈服，反倒更锲而不舍、尽其所能地创作。她把目光锁定于斯卡恩的日常样貌：施打疫苗的日子、庭院中的梨树、秋收的景象、阅读的女人、织毛线的老母亲、做饭的少女等，将最平凡、最生活化的情景尽收画中。

有趣的是，皆以描绘斯卡恩日常为题材的安卡尔夫妇，虽然同住一个屋檐下，但丈夫多半挑选海景或渔夫动态为主角，安卡尔则偏好刻画女性样貌与室内景象。而这样的画风差异，不难推断是因为当时的社会风气仍以严格且保守的心态看待女性。即便如此，安卡尔也从未停止创作。渐渐地，她以擅长写实、细腻地描绘光线与色彩而广为人知，最终成了丹麦有代表性的知名画家。除了她本身过人的意志与努力，默默守护、帮助她的丈夫米凯·安卡尔同样功不可没。

安卡尔夫妇后来成为丹麦1000克朗钞票的正面图像，迄今仍深受景仰。他们在斯卡恩住过的房子，于安卡尔辞世后归女儿海格所有；海格过世后则由海格集团改建为博物馆，收藏当时与安卡尔夫妇一起活跃于艺坛的画家作品以及安卡尔一家的创作，成为众人争相造访的名胜。

Soul Food的鼓舞慰劳，为全身注入满满电力

Soul Food原本是指工作艰苦的奴隶们通过高卡路里的食物慰劳精疲力竭的身心；现在的Soul Food，则用于称呼那些吃了之后让人不由得备感安慰、一解内心烦闷、唤起美好记忆的食物。吃光一盘热腾腾的简朴

料理后，随即感到踏实的内在、信心、勇气，伴着油然而生的力量，让全身就像注入了满满电力。

我们在某些日子里吃到的食物，会默默地躲在身体或内心一隅，悄然散发温暖的气息，成为你我的生活能量。只要一份拥抱灵魂的Soul Food，就可以带来慰藉，为我们制造快乐。快乐，就是这么简单，吃一口美食就好！看着安卡尔画中的少女，真想立刻吃一盘辣炒年糕！

人生中最不凡的，
正是平凡

无论多么渴切地追寻目标，偶尔也该停下脚步，
学习人生应有的悠闲与等待的智慧。
从微不足道的小事中发现幸福，或许才是我们真正需要的。

泡个热水澡，卸下心灵和身体的武装

我喜欢平凡的日常。一杯早安咖啡、和朋友的闲聊、黄昏时的散步、小区的小咖啡馆、甜甜的点心、习惯造访的美术馆、复古相机、黏附手垢的日记本……都是我快乐的泉源。不过，偶尔也会有对一切都不满足的时候。若想重拾活力，得先让身体变暖和才行；身体先休息，心灵才会跟着休息。很多时候，复杂的心理问题，意外地能从生理层面来解决。

打开热水让浴室弥漫热气，将几滴芳香精油滴入浴缸，四溢的香气立刻环绕整个空间。香气能有效驱逐内心忧虑，释放紧张，并且舒缓疲劳。摆脱让人喘不过气的现实生活，褪去束缚身体的衣装，顿时感受到前所未有的自由。此时，如果能搭配一杯让口中漫溢香气的花草茶，以及光影摇曳的香氛蜡烛，更是锦上添花。

一步、一步……小心翼翼踩进浴缸，将全身托付给热水的瞬间，身体与心灵的武装立刻被卸下，像是从未存在于这个世界，完全融化。此刻，无论自己平日化身何种形象，都已不再重要。

我喜欢享受各种各样的洗澡方式。心力交瘁的日子，撕开一包入浴剂，让自己潜入不断涌升的绵密泡沫中，包覆身体的温柔触感和幽幽香气，霎时就能让心情豁然开朗。懒洋洋的日子，则不妨来个半身浴！将身体浸在浴缸里，通过大量流汗，一口气把堆积于体内的毒素通通排除；试着将双手放在浴缸边上舒坦地看看书，累积的压力会在刹那间像融雪一般彻底消失。走了很多路的日子，可以享受一场不费时间的足浴。促进血液循环、有效消除下半身水肿、舒缓紧绷肌肉的足浴，最适合夜晚进行，将双脚泡进热乎乎的水里，整天的疲惫就能一扫而空。

历史悠久的沐浴文化，是画家们着迷的主题

沐浴有着相当悠久的历史。泡澡最早可见于古罗马时代，罗马的大众澡堂不只是人们清洁身体与休憩的地方，也是治疗疾病与追求健康生活的医疗设施。至今仍处处可见当时流行的"沐浴"文化所留下的痕迹，我们也经常能在画家的作品中见到当时的沐浴场景。

最先令人想起的作品，包括法国画家让-莱昂·杰罗姆（Jean-Léon Gérôme）描绘女人们在大众澡堂聊天背影的《浴后景色》（After The Bath），以及英国画家约翰·威廉·格维得（John William Godward）勾勒女人在撩起布帘后，解下饰品画面的《庞贝女子的沐浴》（A Pompeian Lady）。而另一位英国画家劳伦斯·阿尔玛-塔德玛（Lawrence Alma-Tadema）最常描绘沐浴景象——《最爱的风俗》（A Favourite Custom）描绘两名女子在精致的大理石所装饰的华丽澡堂中戏水，《卡拉卡拉浴场》（The Baths of Caracalla）则刻画男女共浴的官能与欢愉，皆为其广为人知的作品。

19世纪的画家，经常以布面油画呈现"沐浴"这项创作主题。雷诺阿以柔和笔触画下的《长发浴女》（Bather with Long Hair），营造温馨、恬静的氛围；《三个戏蟹的沐浴少女》（Three Girls Bathing with Crab）让人只是用双眼欣赏，都能感受身历其境的愉悦，不由自主地露出微笑。自1880年起，埋首创作沐浴女子系列作品的德加，则摒弃了传统形态，改

以窥视的角度捕捉沐浴画面，代表作包括：描绘女人坐在椅子上用毛巾擦脚姿态的《浴后》（*After the Bath*），向走出浴缸、正在擦拭身体的女人递上一杯茶的《浴后的早餐》（*Breakfast After the Bath*），以及坐在黄色沙发上，《浴后正在擦干身体的女人》（*After the Bath, Woman Drying Herself*）。

安德斯·左恩——把每个平凡瞬间变得与众不同

瑞典浪漫主义画家安德斯·左恩（Anders Leonard Zorn, 1860—1920）则擅用水与光的效果，描绘感性、浪漫的沐浴景象。从完美呈现隐约反射光线的《沐浴中的达拉纳女孩》（*Girls from Dalarna Having a Bath*），到女人们坐在石头上享受沐浴乐趣的《夏季》（*Summer*），皆可得见这项绘画特色。而左恩以沐浴为题的创作中，我最喜欢的是1888年完成的《浴盆》（*The Tub*），它巧妙地以艳丽氛围突显女人的日常沐浴画面。

一名裸女伫立于日光洒落的明亮浴室，她站在水波荡漾的圆形浴盆内，脸蛋儿与身体有些泛红，让你我真切感受到浴室弥漫的热气。随意盘起的发型，遗落了几根未能扎好而被水汽浸湿的发丝，女子却只专注于擦拭自己的身体。她用双手里里外外地拭净透红得宛如熟果般的臀

《浴盆》 | 1888年 | 198.12cm×121.92cm

安德斯·左恩

部，模样既讨喜又惹人怜爱。丰富的层次感与充满弹性的影像，让人很难相信这是幅水彩画，一笔一画都充满画家透过潇洒笔触所传达的生动感。凝视这幅画，仿佛一并洗涤了自己内心的厚重污渍，清爽而自在。

左恩出生于瑞典穆拉的贫穷家庭，凭借着与生俱来的艺术天赋而努力不懈，终于成为瑞典首席画家。曾经在学校接触过雕刻课程的他，在游历法、英、西班牙、意大利等欧洲各国与非洲后，习得了更加纯熟的铜版画技法。随后左恩即居住在巴黎，深受德加与马奈等印象派画家影响，细腻融合印象派与西班牙绘画的特色，创造出自己独有的画风。

左恩涉猎的艺术领域，包括雕刻、铜版画、裸体画、肖像画、水彩画、油画等，不仅十分多元，通过作品展现的艺术实力更是不容小觑。1893年初访美国时，左恩便替两位美国总统绘制了肖像画；而他替美国第二十二、二十四任总统格罗弗·克利夫兰绘制的《格罗弗·克利夫兰》（*Grover Cleveland*）肖像画，至今仍享有盛名。一生游历过许多地方、留下大批画作的左恩，晚年选择返回故乡穆拉。他以自宅作为工作室，重拾启蒙艺术生涯的雕刻创作，在1920年夏季悄然走完人生最后一程。迄今在穆拉当地仍保存着左恩出生的故居与工作室，而他也成为深受世人喜爱的代表性瑞典画家。

画家笔下的日常，留住了我们遗落的美好宝物

安德斯·左恩巧妙地将平凡日常变得与众不同，"平凡美学"或许正是他一生最珍而重之的价值观。英国艺术评论家马修·基兰（Matthew Kieran）曾在其著作《洞悉艺术奥秘》中提到："世界，正确来说应该是舆论或历史，永远都在进行一场全赢或全输的游戏，最终只会留下好的回忆和坏的回忆。谁也不会记得那些平凡、简单的小日子。"

我不禁想着，能够记录平凡、简单日常的，不正是绘画吗？画家将你我视为理所当然因而一再放任流逝、不懂珍惜的日常场景收进画布。通过绘画，我们才得以感受蕴藏其中的价值，让不平凡的平凡刹那永恒地活在画布之中。

一如"平凡，才是不凡"这句话，人生中最不凡的，正是平凡。我开始思索，左恩绘于画布里的平凡日常，会不会是自己在追求远在天边的理想与欲望时，所遗落下的近在眼前的真正宝物呢？无论多么渴切地追寻目标，偶尔也该停下脚步，学习人生应有的悠闲与等待的智慧。从微不足道的小事中发现幸福，或许才是我们真正需要的。环顾周围，幸福就在你我视而不见的平凡角落。

漫游美术馆，
探寻心之所向

漫游一趟美术馆，走着，走着，才赫然发现，
原本实际存在却模糊不明的某种情绪，也开始变得清晰。
跟着画作逐步前进，凝视自己完整的内心，
曾经郁闷的情绪，顿时也轻盈许多。

走路，与内在对话的恬静时光

有些日子，只想静静地走路。不安感席卷而来的日子、抑郁难以言
喻的日子、悲伤一口气全涌上心头的日子……这些都是最适合走路的日
子。虽然表面上看似只是单纯的走路，但若达观一点儿来看，有些情绪
经常就在走着走着之间，不知不觉消失，通过不断重复的步伐，一一驱
逐混乱挂虑的心事。诚如尼采所言："所有伟大的思想，皆源于步行。"

走路，的确是思考、冥想、自由、愉悦、慰藉、勇气的泉源。走路是有效整理思绪的机会、审视内心的时光，更是我们能够最快速、最轻松领悟人生意义的宝贵资产。

我热爱走路。只要开始走路，便能看见平常忽视的事物：那些因快步擦身而过来不及欣赏的路人神情，甚至是不曾发现的自我内心。独自漫步在一望无际之地时，再翻腾的思绪也会平息，再糟糕的记忆也能忘却。一边察觉心境微妙的波动，一边不问缘由地随心前行，刹那间，就这么走进了自己的心。走路，让我们得以一窥内在的意志，专注地与自己的灵魂对话，以执着的精神正视生命，勇敢地呼吸新鲜的空气。

假日清晨，我漫无目的地走出家门，随着双脚兴之所至，猛然回神才发现迷了路……略显慌张的步伐，却像是正引领着我前往某处。于是，我又多走了一阵子，不知不觉抵达了三清洞。

有好久了，每当心烦意乱时，我的身体就会养成自动来到这里的习惯。只要置身此地，心情就会舒坦起来。赏玩巷弄间随意摆放的花盆，就连巷子另一头偶尔传来的狗吠声，听来都格外热情。每个巷口，都能瞥见花草努力求生存的痕迹。岁月无声老去，化成了简朴人生的一段谈笑风生。双眼享受着现身于每条窄巷的可爱壁画、高水平涂鸦，以及大大小小的画廊，边走，边看，边感受，迎面而来的一切都是如此美妙。

循着僻静的散步小径走去，我挑了一个视野不错的露天咖啡座坐下，看着来往的路人打发时间，然后打了电话给朋友。不久，她便现身了。我们虽然职业、年纪、所学、装扮、住处……都不一样，却是意外"合拍"的朋友。就读同一间大学的我们，各有主修科系，却因数度巧合地选了同一门课而变得亲近。大学四年级，当大家都为了准备就业忙得焦头烂额，我们却突然计划前往欧洲背包旅行，因而留下了十分特殊的回忆。近来下班后的深夜，我们常会一起喝杯啤酒消除整日的疲惫；心情烦闷时，我们则会摊开凉席，一起坐在汉江边吹风。无论在哪里，只要一杯咖啡，两个人就能开怀地聊上大半天。

吃完咖啡厅简单的餐点后，我在离开的路上偶然抬头看了看，蔚蓝的天空就像刚被洗刷过一般沁凉、开阔。深深地呼吸，可以感受到凉爽的空气。不知不觉间，已然入秋了。肚子饱饱的，还有朋友相伴，迎面吹拂的风让心情格外开朗。无须刻意寻找话题，只要一起笑，一起漫步，内心就能觉得温暖而踏实。

我们走进一家坐落于交错巷弄间的画廊。我们来回穿梭于展场，仔细阅读解说目录，顺便为喜欢的作品拍了几张照片。突然间，一幅作品虏获了我的目光，让我驻足许久，接着我便听见某处传来了夹杂着笑声的交谈。我回头一看，只见朋友正与画廊主人对话，他们似乎是在讨论法国印象派画家埃德加·德加（1834—1917）的那幅作品——《参观美术馆》。

《参观美术馆》　|　1879—1880年　|　91.7cm×67.9cm

埃德加·德加

埃德加·德加——不爱研究光影效果的印象派画家

身为印象派画家的德加，却意外地对于光线效果或空气变化没有太大兴趣。因此，他作品中的场景主要限定于歌剧院、咖啡厅、赛马场、芭蕾舞剧场、美术馆等室内空间。德加留下了一系列以美术馆为题的作品，自1879年起创作的《参观美术馆》（*Visit to a Museum*），描绘美国印象派画家玛丽·卡萨特（Mary Cassatt）与姐姐莉迪亚欣赏卢浮宫展览的模样，这是他在该系列作品中最为巧妙运用光线之美的画作。完成此作之后，他又立刻着手绘制了《卢浮宫的玛丽·卡萨特》（*Mary Cassatt at the Louvre*），接着于1885年完成《卡萨特姐妹在卢浮宫》（*Mary Cassatt and Her Sister at the Louvre*），同一年创作的另一幅《参观美术馆》，则是描绘了独自看展的卡萨特的背影。

在1879年创作的《参观美术馆》这幅画中，卡萨特一手扶着腰，挺直身子抬头欣赏画作；莉迪亚则坐在舒适的软椅上，交替看着目录与画作。一样的穿着、相同的发型，姐妹俩的赏画风格却是大相径庭。卡萨特专注于实际挂在展场内的画作，莉迪亚则专心读着画作信息。两人之所以存在着如此差异，就在于卡萨特是亲身创作的画家，莉迪亚则只是单纯的赏画者。

此外，画中还有一个值得注意的地方：在一切景象皆呈现雾蒙蒙、失焦状态的画面中，唯有卡萨特的脸清晰可辨。明明就紧邻着卡萨特坐在正前方的莉迪亚，却是脸部暗淡，甚而有一点儿被碾过的感觉；卡萨特的脸蛋儿则散发着耀眼光芒，连低垂的眼皮和红润的嘴唇都是那般清楚、鲜明。或许，在那个当下，德加眼中唯一清晰的，只有卡萨特。

自从童年时目睹母亲外遇的场景，德加便对母亲恨之入骨。这股憎恶更蔓延到所有女性身上，他从不避讳在公众场合谈论自己对女性的鄙视，甚至极其露骨地将女歌手比喻成狗。然而，在德加的心中仍存有例外，那就是玛丽·卡萨特。

卡萨特是德加画作中的常客，每当见到德加为卡萨特创作的画，都能深深感受到他对她的尊重与爱意。他为她写十四行诗，为她作画，却始终没向她求婚。终其一生维持着亲密情谊的两人，选择了各自单身一辈子。尽管德加与卡萨特不为人知的爱情故事终究未曾明确公开，两人互重互赖的关系至今仍是一桩美谈。

美术馆对他们两人而言别具意义。自十九岁起，德加即获得临摹卢浮宫展品的许可，借此培养了独到的艺术触觉。德加通过钻研美术馆内历代大师的作品，逐步建构起自己的艺术世界；我们则带着散步的心情，漫游一趟美术馆，走着，走着，才赫然发现，原本实际存在却模糊不明的某种情绪，也开始变得清晰。跟着画作逐步前进，凝视自己完整的内心，曾经郁闷的情绪，顿时也轻盈许多。

面对摸不清头绪的人生，画作就像罗盘一样，为你我引航，找寻正确方向。不妨就敞开心扉，遵循画作所铺排的道路前行吧！

阅读让人知道，
我们不是只有自己

阅读，是训练我们去理解与自己想法不同的人，尊重他人拥有的历史。

唯有带着愿意理解的心，我们才得以领悟，

这个世界存在着太多灰色地带，无法非黑即白地断定。

闪闪发亮的眼神，诉说着爱书的热忱

傍晚时分，我前往望远洞。我们今天的谈话主题，依然是"书"。我现在的版权代理是个重度爱书人，每天清晨六点起床后阅读两小时，而且每周固定参加读书会，眼见他对书籍的痴狂程度，往往让我自叹弗如。即使从事出版业已有很长一段时间，他对书籍的热忱似乎丝毫未减。

最近他开始喜欢阅读古典人文书籍，如古希腊文史家色诺芬（Xenophon）

的《回忆苏格拉底》（Memorabilia），或柏拉图的《柏拉图对话录》等。只见他仔细地以手写下字迹密密麻麻、形状扁平的笔记，并将书中重点用荧光笔笔直画出，如此举动深深吸引我的目光。当他说着"想背下来的句子，一定要写下来才记得住"，他的眼神闪闪发亮。在人生迷惘之际，阅读古典文学似乎也是不错的选择。

问起他最近在读些什么，他从包包里拿出法国作家罗曼·加里（Romain Gary）的长篇小说《雨伞默默》（*La Vie devant soi*）。面对这个总是依作家声望给予作品评价的伪善世界，罗曼·加里曾另以埃米尔·阿雅尔（Émile Ajar）为笔名发表作品，最终他则以手枪自杀结束了人生。世人经由他的遗书才发现，原来罗曼·加里和埃米尔·阿雅尔是同一人，阿雅尔出版的小说全都是出自加里之手，此事揭露后随即引发高度讨论。

《雨伞默默》这本小说在1975年以埃米尔·阿雅尔之名出版，通过少年默默与罗莎太太的关系，阐释既悲伤又美妙的成长故事。小说中令人津津乐道的章节数不胜数，但最动人心弦的当数这一席话："比世界万物都更老成的'时间'，每一步皆是那样缓慢。"

静静阅读的过程，能提升思考的质量

事实上，我曾经是个不太喜欢看书的孩子。小时候，我总把妈妈念给我听的枕边读物当成摇篮曲，爸妈买的世界文学全集、民俗故事丛书也无法打动我。翻了几本之后，我便开始逃避阅读，后来也只顾着看书中图画，跳过任何有文字的部分。

对童年的我而言，阅读是件令人厌烦的无聊事，我对书籍仅有的记忆，是学生时期躺在卧室床上看韩国作家金河仁写的爱情小说《早安》，边看边哭。彻夜看完第一本后，我为了赶快看第二本，半夜就冲到附近书店门口等着老板开门营业的情景，至今犹在眼前。除此之外，我对其他书籍完全没有印象。我从来不是个喜欢阅读的爱书人，充其量就只是个喜欢幻想的浪漫主义者罢了。

如此排斥书籍的我，在二十岁左右开始爱上阅读。读大学时，只要一有时间我就会跑到图书馆，翻翻与主修科系相关的书本，诗或小说、散文等，随手拿起什么就读什么。一天来回借、还好几本书，是我大学时期从未间断的习惯。我喜欢把书夹在身侧，总是把硬壳书皮读到破烂不堪才肯罢休。心烦意乱时，我会习惯性地去一趟书店。曾住在大型书店旁的我，当时几乎每天都赖在店里不肯离开；稍微闲暇的日子则会直接挑一处角落，索性从早到晚坐在那儿看书。深陷书海的我，经常在离开时才惊觉自己竟然待了一整天。

我之所以如此疯狂地阅读，或许是想从书里寻找关于"世界"的答案。置身混沌的时间长河，任谁都需要一段静静度过的时光。阅读的过程，能让你我减少思考的量，提升思考的质。

　　然而，阅读赠予我的礼物，不是对这个世界的答案，而是理解。一如英国小说家C. S. 刘易斯所言："阅读是为了让人知道，我们从来不是只有自己。"阅读，是训练我们去理解与自己想法不同的人，尊重他人拥有的历史。唯有带着愿意理解的心，我们才得以领悟，这个世界存在着太多灰色地带，无法非黑即白地断定。所谓的"理解"，正是学会从悲剧中发现快乐。

《伴灯阅读》——在深沉恬静中悠游书海

　　像书店一样适合阅读的地方，就是家了。如果说书店能让自己与所有想看的书待在一起，家的好处，就是能让自己完完全全与想看的书独处。周末早晨，打开窗户，一边感受静谧的阳光，一边享受阅读。尽情看着一直想看的书，再配上一杯热咖啡，是人生最值得珍藏的快乐。没有任何噪声的寂静深夜，是我最喜欢的阅读时间，仿佛觉得自己与书百分百地融为一体，相当过瘾。那样的感受宛如独自遨游太空般自由、平静，就像自己也化身成了书本。

《伴灯阅读》 | 1909年 | 73.2cm×58.4cm

乔治·克劳森

有一幅画，能恰如其分地呈现这种抽象的感觉——英国自然主义画家乔治·克劳森（George Clausen，1852—1944）的《伴灯阅读》（*Reading by Lamplight*）。画中呈现女子独自阅读的模样，幽静的画面微微地荡漾了心湖。

整晚坐在沙发上阅读，不知不觉已是半夜了。经由纯白窗帘缝隙透进屋内的钴蓝色光浓得发亮，全世界仿佛都被染成了蓝色。托着腮的女人，全神贯注地看着书，隐约的灯光，温暖了整个房间。

微低着头缓缓阅读的她，眼神坚定而真诚。轻轻翻过这一页后，又将目光停留在下一页，好久、好久……除了偶尔轻碰到方形书桌而发出的声响，世界寂静得听不见任何声音。这份深沉的恬静，就像静止不动的台灯光线般，屏住了气息。空气缓缓流动，时间徐徐呼吸。无声无息，心才更清晰。

乔治·克劳森受到室内设计师父亲的影响，从小便在随处可以接触到设计与绘画的环境中创作。他曾担任皇家艺术学院的教授，并且受国家颁赠爵位，一生致力于绘画、教学，也是享有财富、名誉与权威的成功画家，最后于1944年秋天辞世，享着寿九十二岁。有时看着某些画家经历各种磨难的悲惨人生，不免会感到怜惜、同情，而相较之下，克劳森的人生无甚曲折，显得平稳许多，想必他是个很有福分的人吧？平静的心境，或许才造就了克劳森画笔下如此平静的作品。

此刻的你，正在为人生写下什么篇章？

仔细想想，曾有难以计数的书本伴随过我。青春期时，时而揪住我心，时而狠狠打过我几拳的书；如同行尸走肉时，常伴我左右的书；简洁的几行文字，却激发强烈共鸣的书；融合感性与理性视角，既能抚慰心灵又能纾解烦忧的书；凄美却能让人充分感受细腻文思的书……每一本书，都成为当时的我内心的支柱。

人的一生，或许就像在撰写一本书吧！如同唯有咬牙撑过艰辛的过程，才能完成一本书，今天的我们，也在默默朝向那终将到来的人生句点而行。而此刻，我正为自己的人生撰写着什么样的篇章呢？只希望下一个段落的开头，不要太过悲伤……

关系
——
你和我，以及我们

唯有人与人之间温暖的关心与爱，才能帮助我们熬过令人畏惧的艰

辛世事。

体贴关怀的话语、真心激励的眼神、由衷给予的鼓舞，都能让我们

的寂寞不再寒冷，孤独也不再难以支撑。

用关心与爱，
让彼此的孤独更有温度

虽然连接人与人之间的绳索是那般脆弱，

但我们需要的或许正是从中学会不去抗拒若有似无的相互依存，

以及就算当不了体贴的人，也别冷眼旁观一切的态度吧。

置身人群之中，反而更觉得孤独

与人相处，有时就像在开创某项伟大的事业般艰难。点到为止的肤浅沟通，难以缩短彼此的距离，只是把自己弄得像在上演伪装秀，玩起"角色扮演"。尽管同处在一个空间，依然深感相距甚远；就算肉体相依，心灵也时刻孤寂。既然谁也不属于谁，索性不要越线，最终只能站在原地的我们……无论是否选择袒露藏在某处的真心，此时此地，留下的都只有"孤独"。

对话时，不肯直视对方的脸孔；身处相同之地，视线却各自望着不同的方向；用重重高墙围起不愿交流的心房……这就是你我如今的处境。人是与生俱来的"个体"，永远不可能百分百地理解另一个人。究竟，我们还要孤单多久呢……

即便拥有不错的工作、温馨的家庭、深爱的恋人、亲近的朋友……心灵的空虚也不曾间断。孤独，本就不是人可以选择要或不要的"个性"。在世界上任何一处，孤独的人，即永远孤单；忧伤的人，即永远忧伤。偶尔置身人群之中，孤独更能施展所长——一如人与人即便分开，彼此的关系也永远不会消失，亲密相处后席卷而来的孤独感，更能把人推向难以逃开的万丈深渊。

不让人觉得孤独的关系，究竟存不存在呢？自出生那一刻起，我们早已注定会与哪些人结缘，经历哪些关系。只是身处于千丝万缕的关系中，我们仍敌不过分秒涌生的孤寂。如同富丽堂皇只会突显贫穷的悲伤，置身人群之中，也只会让人变得更加孤独。有时，甚至会觉得自己的孤独不是因为置身人群之中，而是因为人本来就是那样孤独。

物质越丰足，内心却越见空洞

随着科技日益发展，人们也更加寂寞了。和家人吃饭时、在咖啡馆和朋友聊天时，甚至好不容易放假时，我们的手上始终都拿着智能手机。我们拥有手机、计算机，却没有聊天的对象；我们拥有车子、房子，却没有一起吃饭的伙伴。一切都快速而便利，内心却漫溢挥之不尽的空虚。

与人交流的渴望越强烈，内心的空洞也越会扩大。美国社会学家戴维·理斯曼（David Riesman）称此种现象为"置身人群之中的孤独"，并在《寂寞的群众》（The Lonely Crowd）一书中讲述：现代人即便再怎么努力不被孤立，终究也得受发自内在的孤寂所苦。置身人群之中的我们，时常惊觉眼前的一切不是和谐而是孤独，这正是今时今日最悲哀的写照。

"人群之中的孤独"是吸引许多画家关注的创作主题。德国表现主义画家恩斯特·凯希纳（Ernst Ludwig Kirchner）在《都市街道》（Street）中，以工业城市与不知名的群众为背景，通过昏暗、萧瑟的氛围与面无表情的人们，贴切表现了每个现代人都曾体会的孤独感。美国画家莉莉·富瑞迪（Lily Furedi）在《地下铁》（The Subway）中，描绘地铁乘客低头看报、擦口红、彼此漠不关心的景象，与现今社会的面貌高度相似，让人难以置信这竟是八十多年前的作品。

马奈的《女神游乐厅的吧台》（*A Bar at the Folies-Bergère*），描绘一名站在吧台边的女酒保，背景则为巴黎豪奢的社交场合。有别于喧闹的酒吧气氛，女子的表情郁郁寡欢。马奈尝试以当时都会代表巴黎的华丽样貌，与面色黯淡的女子表情作为对照，巧妙呈现"置身人群之中的孤独"。

《候车》——疏离都市中的温暖情绪

有些作品则透过感性的眼光，描绘"置身人群之中的孤独"这样的都会面貌，丹麦画家保罗·古斯塔夫·费舍尔（Paul Gustav Fischer，1860—1934）的《候车》（*Waiting for the Tram*）即为一例。这幅画的背景是费舍尔经常描绘的哥本哈根街头，鲜明生动地呈现都市人的生活。画中通过所有人齐聚一地却又像各处不同空间般的构图巧思，阐释现代人既拙于袒露内心又始终渴望与他人相处的双重性格；以并肩而立视线却不曾交汇的景象，刻画彼此需要又不愿先行靠近对方的现代人际关系。

费舍尔将人与人之间的关系藏进秋景，以感性的笔触画下都市独有的风情。通过温暖的情绪，改写"置身人群之中的孤独"，呈现与前述画作截然不同的感觉。他所刻画的"置身人群之中的孤独"，虽依然弥漫疏离感，却一点儿也不寂寞。

秋季已然莅临城市中心，每当秋风吹拂，随之摇摆的树枝与黄澄澄

《候车》　|　1907年　|　40.3cm×31cm

保罗·古斯塔夫·费舍尔

的落叶便接二连三落地。一到清晨，人们陆续上街，朝着各自的目的地移步行进。不知是否听闻即将下雨的消息，每个人手中都拎着一把伞。街道的另一端，有辆黄色电车经过，周遭则可以瞥见有名男子路过。站牌前的人们，排成了一条直线，从装扮时髦、头戴华丽嫩绿色帽子的妇女，与脖子上围着白色毛皮的女人所穿的厚重衣装，不难感受哥本哈根微寒的秋意；身着蓝色洋装的女孩，泛红的脸颊与温顺的姿态，无声地表现出迎接崭新一天的兴奋。后方可见戴着贝雷帽的年迈绅士与街坊正在聊天，从男子手插口袋、略为倾斜的站姿，可以得知两人是十分自在、坦然地相视交谈。真是一幅宁静却活力盎然的景象。

1891年前往法国巴黎学习绘画的费舍尔，在当地深受印象派熏陶。他早期的作品，因为受阴晴不定的北欧天气所影响，多以灰蒙蒙的昏暗风景为主。展开巴黎留学生活后，他的画作中开始能见到阳光洒落的景色，处处洋溢明亮、鲜艳的气息。

《候车》虽然是费舍尔留学返国后经过很长一段时间才完成的作品，却仍清晰可见印象派的痕迹。用蓝色调表现笼罩于雾气中的建筑，令人联想起马奈；以按压画笔的方式加重落叶厚度，为高更擅用的厚涂法（Impasto）；运用力道适中的笔触，将地板描绘得像是反射光线，则与卡耶博特相当类似。费舍尔的画恰到好处地调和光、影、色，创造了"有温度的孤独"，也让我们借此感受到现代社会甜苦参半的微妙。

孤独，偶尔也能成为相互理解的桥梁

意大利有一句俗谚："憧憬完美兄弟的人，永远只能当个独生子。"每个人都因为自己或多或少的不完美、孤独、痛苦而需要彼此。只要我们活着一天，孤独就仍会持续蔓延，只不过，孤独偶尔也能因此成为相互理解的桥梁。

在这趟名为"人生"的孤独旅程中，时而消逝的寂寞，最终成了彼此的暖气。唯有人与人之间温暖的关心与爱，才能帮助我们熬过令人畏惧的艰辛世事。体贴关怀的话语、真心激励的眼神、由衷给予的鼓舞，都能让我们的寂寞不再寒冷，孤独也不再难以支撑。

虽然连接人与人之间的绳索是那般脆弱，但我们需要的或许正是从中学会不去抗拒若有似无的相互依存，以及就算当不了体贴的人，也别冷眼旁观一切的态度吧。如同"与人分享的快乐会加倍，与人分享的悲伤会减半"，与人分享的孤独，或许也能变换成不同样貌。

以面对取代掩盖，
温柔地疗愈伤痛

若想根治伤痛，最重要的是睁大双眼直视它，追根究底地找出源头。
一如掩盖伤口只会留下更大的疤痕，持续不断为内心的伤痕擦药，
看着它逐渐结痂，是你我都需要学习的过程。

轻率的言行，往往形成自私的伤害

"人不必那么善良，好心不一定有好报。"满身疮痍的她，以哀戚的
神情说道。欲言又止的双唇、低沉幽怨的声调，在在陈述着她的悲伤。

她是我的多年好友，向来都是如此评论"好人"的："善良，的确
能让你的人生过得心安理得一些，可是根本毫无用处。"无论旁人怎么
说，都动摇不了她冰冷的心。人生在世，我们心中那块粗糙的盾牌，曾

抵挡过无数利刃袭击。当突如其来的冲撞伤得我们浑身颤抖时，没能及时治疗的伤口，往往会随着置之不理的态度而日渐溃烂。不为人知的伤痛记忆，偶尔会在我们抬头挺胸之际，引发更加撕心裂肺的痛楚。我们到底还有多少能耐，可以承受多少伤痛呢？

我们总因为看不见他人的伤痛，而显得态度轻佻；虽然不是有心如此，却总认为只有自己的伤痛才是真正的伤痛。每个人受伤的基准不同，就算再怎么小心避免，也每每因为我们把事情想得太过简单，忽略他人细微的反应，无形中伤害了别人而不自知，用冷漠的语气应对，以锐利的言辞蹂躏对方脆弱的心。冲口而出的话，成了带刺的忠告；失控的爱恋，拉开了你我的距离。把真心话通通吞了回去，转而吐出一句无情之语，最终摧毁彼此的信任。

过分拙于辞令，对双方都是自私的伤害，结果导致一段关系的破碎。尽管知晓彼此的心意，仍选择以话中带刺的方式表达，非得等到互生嫌隙，在对方心上烙下伤痕，才深感愧疚。哪怕坦然揭开伤口，也会因为对方的不甚在意而伤得更深，使彼此终究成为永远不再接触、无法重返过往的两座浮岛。

叔本华不也这么说过吗？"经历过许多次分开时的寒冷，与靠近彼此时痛彻心扉的刺痛，最终，我们学会了'保持距离'。"由每个人身上的伤痛串起的这个世界，血泪斑斑。

伤痛也能变换为艺术，造就出伟大作品

有时，伤痛也能转换成创意。借着化身为孤独、狂傲、悲戚的情绪而造就出伟大的作品，这正是伤痛变换成艺术的瞬间。

挪威表现主义画家爱德华·蒙克（Edvard Munch），五岁时母亲罹患肺结核过世，姐姐又于十几年后染上同样的病死去，这在年幼的蒙克内心留下严重创伤。恐惧死亡的他，通过《呼喊》（The Scream）、《母亲亡故》（The Dead Mother）、《焦虑》（Angst）等画作，投射自己的神经质与癫狂情绪。

墨西哥画家弗里达·卡洛（Frida Kahlo）一生饱受严重的身体与精神疾病折磨，因此通过《受伤的鹿》（The Wounded Deer）、《一些小刺痛》（A Few Small Nips）、《我的诞生》（My Birth）等作品，写实记录自己的一生，这些作品进而升华成伟大的艺术。

美国印象派画家埃德蒙·查尔斯·塔贝尔（1862—1938）自小就承受遭到双亲遗弃的伤痛——两岁时父亲因罹患伤寒离世，再婚的母亲随即离塔贝尔姐弟而去。之后由爷爷扶养成人的他，终其一生都无法抚平这份痛楚。随着时间流逝，塔贝尔在二十六岁那年，与美国波士顿多尔切斯特区的富豪之女艾梅琳结婚，婚后两人生下了四个孩子。如果将他以家庭为题的创作集聚一堂，那将堪称是一部塔贝尔家族编年史。或许，他是通过自己所组织的家庭，一点一滴地治愈在原生家庭遭受抛弃的伤痛。心灵受到抚慰的他，笔下描绘的线条真挚而小心翼翼。

《湛蓝面纱》—— 送给伤痕累累者的素雅献词

没有任何人，唯有女人飘逸的面纱。为了藏匿始终无法摆脱的记忆，身体习惯性地掩盖伤痛。一合上双眼，被幽禁起来、不知何时会再现身的伤痛，挥之不去地纠缠着她。那些来不及抹灭的未愈伤痛，因为过于深重，至今仍血淋淋留在原地，她因此饱受折磨，独自与这些余党抗争。低声呐喊着无法坦然释放的痛楚，泪水也像被强迫似的涌出……女人的眼泪不断滑落，神情却意外平淡。冷静至极的她，更显危险；不为所动的她，更显渴切。

在画作《湛蓝面纱》（ *The Blue Veil* ）中，塔贝尔通过披覆面纱的女人，轻描淡写掩藏在脸孔底下的内在伤痛，如同一段素雅的献词，送给那些伤痕累累的人。看着这幅画，除了"伤痛"之外，我脑海中无法浮现出其他词汇。女人的眼神与表情明显受了伤，身躯也遍体鳞伤。如果有人问我："为何如此肯定？"我会告诉他："因为那就是我。"实实在在的感受，无须任何理由。

看画，就像在发掘自己的内心世界。绘画，远比它能表现的含蓄许多，正如我们能从内心发现的，无限却也有限。有人觉得是受伤的女

《湛蓝面纱》 | 1899年 | 73.7cm×61cm

埃德蒙·查尔斯·塔贝尔

人，有人觉得是神秘的女人，有人觉得是满怀忧伤的女人，有人觉得是怀抱梦想的女人。解析，因人而异。只不过，每幅画都存在着一个共同点——我。画家完成了画作，而我看见了这幅画。

别放任既存的伤痛，干涸了灵魂

每一种伤痛，都会不知不觉地写在人们脸上。我们时时筑起惊弓之鸟般的防卫心，战战兢兢地生怕受伤，放任既存的伤痛，干涸了灵魂。事实上，被伤痛驯服是件很可怕的事。伤痛会蚕食鲸吞我们的身、心，最后是灵魂。懂得积极面对伤痛，能让我们化身为更成熟、更有智慧的人；然而，大部分的伤痛，却总是被悲观的处理方式转化成病态的防卫心与伤害，导致整个世界不进反退。

我没办法说出"过一段时间，就会没事"这种理论，毕竟有些伤痛非但永远不会消失，还会随着时间更为鲜明。每一种伤痛，都会以非常缓慢的速度愈合；而世上也存在着无法愈合的伤痛，虽然痕迹变得模糊，却始终不会褪去。

察觉身上的伤痕后，才顿悟自己受过多少伤的我们，一如既往地愚蠢；因为不被关切，暗自处理嵌在心里的伤痛，一如既往地凄凉。

为了克服伤痛采取截然不同的积极态度固然是好事，但若想根治伤痛，最重要的是睁大双眼直视它，追根究底地找出源头。一如掩盖伤口只会留下更大的疤痕，持续不断为内心的伤痕擦药，看着它逐渐结痂，是你我都需要学习的过程。

人的一生，或许就是在学习从层层叠叠的伤口上，搜集名为"结痂"的勋章。而我们能做的，是透过温暖的眼神，体谅与拥抱彼此的伤痛。希望此时此刻，通过某个"戴着面纱的女人"，也能疗愈你内心的伤痛。

致青春，
谢我多年的挚友

能够遇到永远不吝忠告、真心体谅、默默付出的她，是我的一大福分。

即便置身倏忽流逝的岁月长河，难免感到失落、空虚，

只要过程中有伴相随，对我们而言就已是值得倚靠的幸福。

纯真的年少情谊，如佳酿般越陈越香

绿意盎然的初夏，越来越接近她的预产期了。傍晚时分，我坐在她家附近的咖啡馆看书，几分钟后，一手扶着即将临盆的肚子，一手撑着腰的她，走进店里。一时兴起的约会，从结婚生子、想去旅行的地方，到未来的人生规划，转眼间我们聊了好几个小时，你一言我一语地，时而捧腹大笑，共度温馨的相聚时光。

相识二十年，熟知各自经历的我们，无须刻意交代彼此的关系，说话也不用拐弯抹角。成长的路上，我们同甘共苦，相知相惜，在时光荏苒中一起成长。虽然现在多半是边喝着咖啡边回忆起"那时候我们……"，但对于未来的生活，我们依然怀抱着梦想。自青春序章即登场的朋友，此刻仍以从未改变的模样待在我身边，着实是件值得感激的奇迹。

曾因结婚数年都未怀孕而烦恼不已的她，在经过长时间努力后，终于得到了宝贵的孩子。伴随喜悦而来的，却是生理与心理的折磨。由于严重害喜，怀孕后的她反而更显瘦削，身体的剧烈变化使她备感压力，整个人无精打采，精神上也极度敏感。看着她的模样，我十分心疼。

"腰还好吗？胎动得很厉害吗？有没有哪里不舒服？有想吃什么吗？"面对我连珠炮般的发问，她微笑说道："我想去旅行。"

有些美好，永远只存在记忆之中。从小便热爱旅行的我们俩，总喜欢心血来潮出发的行程。旺盛的好奇心远胜于钱包深度，根本不把旅途中可能遇到的危险放在眼里。

有一次，我们去了江原道的山村，在清凉的溪谷游泳，在丛林赏花……然后躺在暖乎乎的度假平房里吃着马铃薯和玉米，入夜后兴奋地一起放烟火。虽然是很久以前的事，这些回忆却在历经漫长时光后更显鲜明，栩栩如生得像是此刻正在眼前上演一般。

约翰·辛格·萨金特——捕捉盛放刹那的"瞬间美学"

让我忆起当时情景的画，是美国印象派画家约翰·辛格·萨金特（John Singer Sargent，1856—1925）的《康乃馨、百合、百合、玫瑰》（Carnation, Lily, Lily, Rose）。这幅充满诗意的作品，其实是以英国作曲家乔瑟夫·马钦齐（Joseph Mazzinghi）所写的流行歌曲《花冠》中的副歌歌词为名的。

绘画，与具有浓缩性、象征性的诗一样，敏锐地浓缩某些时刻的情感，转而以优美的形式呈现，这是两者相当类似的部分。看着萨金特以充满诗意的感性笔触所描绘的画作，不禁觉得，他其实是一位被称呼为"画家"的"诗人"。

光线朦胧的向晚时分，两名少女提着灯笼伫立于繁花绽放的庭园。散发清新气息的绿草与盛放的花朵填满画面，搭配弥漫于空气中的林野神秘感，巧妙营造出惹人怜爱与奇幻美妙的氛围，让人宛如置身梦境。

和煦的绿光色调，温暖了空气；隐约的烛光，映照出少女最美的瞬间。少女身着纯白衣裳、双颊泛红的模样，更显纯洁；若隐若现的情景，带领你我回溯往昔。

这幅画的背后有一段特别的故事。当时在法国巴黎深受注目的年轻画家萨金特，以一幅为古特霍夫人（Madame Gautreau）所画的肖像画《X夫人》（Madame X）参加沙龙展后，即因画中性感滑落的肩带引发轩然大波。

《康乃馨、百合、百合、玫瑰》 | 1885—1886年 | 153.67cm×173.99cm

约翰·辛格·萨金特

饱受怀疑目光的他为了摆脱口舌是非，决心前往英国伦敦。后来，他因为和朋友在泰晤士河戏水，跳水时不慎伤及头部，被紧急送往附近的科茨沃尔德地区接受治疗。当地正好有座年轻画家齐聚休憩的艺术村，萨金特深深为其宁静、优美的村景而着迷，毅然决定待在那里度过余夏。

有一天傍晚，萨金特见到插画家朋友弗雷德里克·巴纳德（Frederick Barnard）的两个女儿提着灯笼穿梭于庭园间，霎时为此醉人的景象所倾倒。为了留住眼前所见，他随即敞开画布。然而，萨金特在作画的过程中却立刻面临严重考验。他想留住的傍晚景象，是介于白天与黑夜之间的短暂时光，若想将此情此景收进画里，实属不易。他在写给妹妹的信中提及："这是一个困难到让我焦虑的创作主题，想重现如此美丽的色彩着实难上加难……而且当下的光线只持续了十分钟不到……"

那年夏天，萨金特倾尽全力在相同时间、相同地点作画，却始终没能完成作品；第二年他重返故地，足足花了两年才大功告成。一年后，他在英国皇家艺术研究院的第一次个展上首度发表这幅画，此作不但深获好评，还成为他东山再起的跳板。《康乃馨、百合、百合、玫瑰》是萨金特极具代表性的作品之一，至今仍受到许多人喜爱，他将画家的热情与执着，化成了盛放的刹那，堪称"瞬间美学"的代表杰作。

朋友的存在，是人生稳固的支柱

萨金特笔下的少女们，是完美呈现"纯洁"的媒介。澄净、清澈的少女样态，猛烈地启动我们重返童年时期的开关。看着画，发现那个单纯的我与现在的我多么不同，又惊觉那个单纯的我与现在的我多么相同……通过画，我们看见童年的自己，想起那段早已模糊遥远的时光。各自经历许多故事的少女们，即便经过漫长岁月的洗礼，也依旧是未曾改变的挚友；回忆朦胧的儿时情景，仍然叫人流连忘返。

我热爱这幅画的原因在于，它引领我回到珍藏于内心的过往样貌，单凭这一点，便足以让我愿意走进画里。绘画，从来不会放过回忆的每个瞬间；再私密的时刻，也能从绘画中反映出来，带着你我抵达难以碰触的心灵深处。即使悠长的时光流逝，每当转头见到昔日点滴，也都仿佛自己乘着画作回到过去，又有了什么新的发现。即便只是一时意乱情迷的幻想，若能唤醒心底早被碾碎的宝贵回忆，不也是难能可贵吗？

一如日落月升，孩子终将长大成人，一切都在转瞬之间。即便置身倏忽流逝的岁月长河，难免感到失落、空虚，只要过程中有伴相随，对我们而言就已是值得倚靠的幸福。

真的很幸运，也很感激，多年来始终有她陪在我身边。朋友的存在，是我最稳固的支柱；与朋友共度的欢乐时光，成为我人生最有力的能量。能够遇到永远不吝忠告、真心体谅、默默付出的她，是我的一大福分。看着萨金特画中的少女们，让我再次确定，她就是自己生命中无可取代的"知交好友"。

爱的颜色，
是改变人生的颜色

人生和艺术一样，只要以爱为背景，一切都可能发生。

任何人都拥有爱，只是能爱的时间并不多，

而我们能做的，就是学会朝着爱的方向前行。

我们为爱情沉醉，也因为爱情变得成熟

某些东西之所以存在，正是因为有人恳切地渴盼。简单来说，爱情，就是为了渴望得到爱情的人而存在。爱情本身并不浪漫，而是因为憧憬浪漫爱情的人，爱情才变得浪漫。这也成了我们看爱情电影的原因。

从小我就喜欢看爱情电影。让人深深为安妮公主着迷的《罗马假日》（Roman Holiday），既感性又不脱离现实的《秋水伊人》（Les

Parapluies de Cherbourg），即便经过岁月洗礼，细腻的情节也未曾老去。随口哼上一段She这首歌，就能一股脑儿地把潜藏在我体内关于《诺丁山》（Notting Hill）的所有浪漫细胞通通唤醒，这部电影总叫人百看不厌。港片《甜蜜蜜》刻画命中注定的相遇与重聚，让我重新忆起早已模糊不清的初恋。让人牢牢记住"Hello, stranger?"这句台词的《偷心》（Closer），我也喜欢得看了好几次舞台剧版本。韩片《爱的蹦极》中，太嬉和仁友在日落的海边，随着肖斯塔科维奇的《华尔兹第二号》起舞的模样，至今仍像一张照片般，留存在我内心一隅。

每过九年就会推出续集的"Before"系列，堪称当代最具代表性的爱情电影。以《爱在黎明破晓时》（Before Sunrise）、《爱在日落黄昏时》（Before Sunset）、《爱在午夜到来时》（Before Midnight）三部曲讲述杰西与赛琳的爱情故事，正因桥段平凡无奇，反而显得更为独特。因为太喜欢这系列电影，我甚至跟着《爱在黎明破晓时》两个主角的脚步走访了电影拍摄地点——奥地利维也纳的无人街道。火车上初次邂逅的男女，闲散地在异国巷弄间漫步聊天的画面，至今仍让人印象深刻。唱片行Alt & Neu、看手相的Kleines Café、借玩笑的艳遇电话彼此告白的Café Sperl，都是值得一再回味的场景。而最令人难忘的，当数两人在夜店里玩着弹珠台时的对话："爱情，就像两个害怕孤单的人逃避的行径。"

经历了做梦般的一夜后，他们在离别时相约再见。一如《爱在黎明破晓时》这个片名，假如我们的人生也有破晓之时，会不会就是在遇见爱情之前呢？他们的相处虽然短暂，却已足够完整地经历爱情。

世上有许许多多的爱情电影，能在心中占有一席之地的却是每人各有所好，正如我们都曾经历爱情，对爱情的回忆却大相径庭。通过不同电影中的主角，我们理解别人感受爱情的浓淡、方式、速度，并学着看看与自己情况相仿的角色，再以客观的角度回头审视自己。

找不到爱情解答而彷徨的日子，我们总能透过别人的爱情寻获解决问题的线索，体会原本无法理清的心绪，领悟女人与男人生而不同的本质、每个人不可能存在相同思考方式的道理。在电影角色身上，我们发现了未曾明白的分手原因，顿悟了婚姻不是爱情的完成品，离别也非爱情的失败作。踏遍柳暗花明，我们总算学会了如何真心去爱一个人。

爱情电影带来的正面影响，并非是让观众为爱沉醉，而是酿成我们看待爱情的成熟。我们总是爱着一个人，却又畏惧受伤，而在爱情面前踌躇犹豫，时而计算，时而计较，时而渴望摆脱以往走过的路……经历无数次美妙、炽热的爱情在眼前一点一滴崩塌殆尽后，我们懂得了爱情需要小心翼翼、持续不断地呵护照拂。再怎么珍重的爱也不可能永葆热度，悸动后随之而来的亲密、熟悉、离别……终于让我们学会了爱情，而其中经历的一切，也成就了此时此刻的我们。

《埃菲尔铁塔下的新婚夫妻》 | 1938年 | 150cm×136.5cm

马克·夏加尔

马克·夏加尔 —— 用梦境的色彩描绘爱的人生

体验过电影情节般爱情的马克·夏加尔（Marc Chagall，1887—1985），是出生于俄罗斯的法国画家，他的创作主题永远离不开爱情。夏加尔在第一次世界大战期间返回法国，并在维捷布斯克与名为贝拉的女子结婚。贝拉脱俗的外貌与气质，立刻掳获了夏加尔的心，她的一生也就此成了夏加尔画中的主题。在描绘恋人沉醉于爱河的《散步》（*The Walk*）、恋人飞越村庄的《城镇上空》（*Above the Town*），以及恋人捧着花束亲吻的《生日》（*The Birthday*）等画作中，都能见到贝拉的身影。其中又以《埃菲尔铁塔下的新婚夫妻》（*The Married Couple of the Eiffel Tower*）最能传达出新婚的喜悦。这幅画后来被挂在夏加尔晚年住所的壁炉上，可见是他十分珍爱的作品。

这幅画以埃菲尔铁塔为背景，描绘甫完成结婚典礼的新郎、新娘轻飘飘地浮在半空中的景象。山羊带着祝福的心演奏优美旋律，得到捧花的朋友化身天使飞向天际，新婚夫妻乘着象征多子多孙的红冠公鸡前往伊甸园。新娘手中拿着比喻未来的蓝色扇子，看着环抱新娘腰际正在细语的新郎模样，不难感受他仿佛赢得全世界的心满意足。一起飘浮在空中的新婚夫妻，完整呈现两人经由婚姻融为一体的幸福，有如梦境般美妙。

我想起初次在巴黎庞毕度中心看到这幅画时，即深深为其华丽迷人的色调而倾倒，不由得驻足许久。夏加尔并非将肉眼所见的颜色放进画作，而是使用在梦境与幻想世界中所见的色彩作画，尤其通过蓝、黄、紫、红等互补对比的搭配，使画作更显色调的丰富、艳丽。

就像夏加尔曾说过："人的一生，只有一种真正赋予了生命与艺术的颜色，那就是爱的颜色。"看着他画中各种色彩的融合，眼睛与心灵也随之豁然开朗。乘载爱情的缤纷色彩，搭配明快的笔触，令人大感畅快。

越是背负着沉重与辛苦，越是需要爱

夏加尔在自传《我的生涯》(*My Life*)中如此写道："我感受到了，我日后要走的人生旅途，都将与贝拉一起前行。唯有她，才是我的妻子。"

一见钟情的夏加尔与贝拉，如胶似漆地共度了三十多年。在1944年秋天，贝拉因感染不知名的病毒骤然离世，这件事狠狠冲击了夏加尔的人生。跌入绝望深渊的他，足足有九个月的时间提不起画笔，随后度过了数年黑暗、悲痛的岁月。

夏加尔亲手在贝拉的墓碑上作画，并写下这段文字："她的一辈子，都是我的画。"正如这献给她的最后一句话，对夏加尔而言，贝拉是他的艺术泉源，也是他永远的缪斯。

穷困的童年、被祖国抛弃的创伤、战争的残酷、犹太人所经历的苦痛、纳粹的威吓、长年的流亡生活、对故乡的思念……虽然走过这么多风风雨雨，"幸福"却不曾消失在夏加尔的作品中，正是因为他有深爱的妻子贝拉常伴身旁。

即使置身于总把人压得喘不过气的现实生活，爱也依然无所不在。越是背负着沉重与辛苦，越是需要爱，因为能将你我救出痛苦深渊的，终究是爱。一如夏加尔所言："人生和艺术一样，只要以爱为背景，一切都可能发生。"爱拥有将不幸现实转化成幸福人生的力量，我也深信这就是爱伟大的原因。

就像夏加尔和贝拉的爱所传达的信念，任何人都拥有爱，只是能爱的时间并不多，而我们能做的，就是学会朝着爱的方向前行。

真爱相伴，
一切无所畏惧

尽管遭逢世人批判，身陷走投无路的贫困，

莫奈仍能坚守自己对艺术的信念，只因有卡蜜儿在他身边。

她用爱抚平了他疲惫的心，

直到死去的时候依然用温暖的微笑安慰着他。

因为深爱彼此，任何困苦都能携手克服

世上存在着许多种爱：清纯的初恋、刻骨铭心的爱、无法实现的爱、和睦的兄弟情、温柔的父爱、牺牲奉献的母爱、浓烈的同性爱、美好的人性之爱……人生在世，终将经历难以计数的爱。有些人选择了深具说服力的方式来证明何谓真爱，而法国印象派画家克洛德·莫奈（1840—1926）与他永远的爱人卡蜜儿，即为一例。

当时二十五岁、居于法国巴黎的莫奈，正在寻找能担任自己画作模特儿的女子，而十八岁的卡蜜儿·唐斯约（Camille Doncieux）因此与莫奈相遇。莫奈对美丽的卡蜜儿一见钟情，两人坠入爱河后，携手共度了一段宛如梦境般的恋爱时光。然而，幸福的日子没有维持太久，这段爱情随即面临重大危机。由于当时从事模特儿工作的女性大多是妓女或舞女，莫奈家族极力反对出身贫寒的卡蜜儿成为家中一分子。莫奈在未经父母同意下结婚，无疑已是在挑战父母的权威。莫奈的父亲听闻卡蜜儿甚至早已怀有身孕，更是火冒三丈，立即断绝对他的所有经济援助。

身处19世纪的莫奈，若想以画家身份活跃于文艺界，势必得在沙龙展获奖。而与当时主流截然不同的印象主义，堪称是动摇西洋美术根本的革命运动，想让世人接纳如此新颖的变化，着实不易，因此莫奈不免要面临频频落选的窘境。虽然如此，两人的爱情却丝毫不受影响，反而变得更加坚定。

在艳阳下动也不动地曝晒好几个小时，虽然过程辛苦，但只要想到能让丈夫在沙龙展上崭露头角，身为模特儿的卡蜜儿总是甘之如饴。这对穷困潦倒的夫妻，不仅缴不起电费，还时常因为买不起颜料而被迫中断作业，家里三天两头就会上演债主登门来抢画抵债的戏码。挤不出母奶的卡蜜儿，甚至要四处乞讨。付不出房租的他们最后选择了离开巴黎，但是莫奈和卡蜜儿始终深爱着彼此，内心的幸福感也从未减少。

从当时莫奈写给好友兼赞助人让·弗雷德希里克·巴齐耶（Jean

Frédéric Bazille）的信中，即可见莫奈的心境："现在的我，被自己挚爱的一切围绕。夜晚时，挚爱的家人会点亮烛火，等着我回到那个小小的家。"就算遭逢再大的困境，莫奈与卡蜜儿始终过着相知相惜的幸福生活。

看着莫奈与卡蜜儿，再回头看看我们面临的苦难与试炼，才发现这一切在真爱面前根本不值一提。我不禁开始思考：自己是否太执着于追求一些没有意义的事物呢？是否错过了真正宝贵的一切？一个人深爱着另一个人时，才能真正做到忘却自我的无私。

克洛德·莫奈 —— 以变幻光影勾勒与家人共度的幸福

莫奈以卡蜜儿为主题共创作了五十六幅画，在他的代表作《花园里的女人们》（*Women in the Garden*）、《卡蜜儿在特鲁维尔海滩》（*Camille on the Beach at Trouville*）、《罂粟花田》（*Poppy Field*）等中，都能见到"御用"模特儿卡蜜儿的身影。1875年创作的《打伞的女人》（*Woman with a Parasol*），通过画笔勾勒与家人共度的幸福时光，最能呈现莫奈心中的情意。

莫奈和家人一起外出游玩，绚烂的阳光肆意洒落，处处绿意盎然。和煦的暖阳环抱着身躯，花香拂过鼻尖，心境顿感舒坦畅快。在随风摇曳的草丛间，可以看到让与卡蜜儿的身影。撑着绿伞漫步的卡蜜儿，

《打伞的女人》 | 1875年 | 110cm×81cm

克洛德·莫奈

迎着阳光与微风，脸庞覆着薄纱的模样有些模糊，她原本正要往前走去，却因白色裙摆随风起舞而暂时停下脚步。回眸凝望莫奈的卡蜜儿，双颊带着红晕；后方则是戴着可爱帽子、正在兴奋玩耍的儿子让（Jean Monet）。

也许就在这一刹那，莫奈领悟到了自己正身处此生最幸福的时光吧！在瞬息万变的流动的云朵下，莫奈一家人度过了愉悦的一刻。

与家人一起散步时，莫奈深深为眼前的静谧景象欢欣不已，随即以最快的速度将所见收进画中。当时莫奈的脑海里满满都是"光"，曾表示自己畏惧黑暗甚于死亡的他，相当重视并执着于光线的运用和表现。以这幅画来说，即可看到他煞费苦心地捕捉着当下的光线。流动的云、飘荡的风、温煦的阳光……瞬间闪现又瞬间消逝的光线，处处可见于此画的笔触中，这幅作品堪称是莫奈活用印象派技法的最高境界之作。

完成这幅画时，经济困难的问题已逐渐缓解，莫奈的父母也接纳了卡蜜儿，对他们而言，人生满是幸福之事。但好景不长，严峻的考验再度向两人袭来。卡蜜儿的身体健康每况愈下，子宫肿瘤细胞扩及全身，她已经病入膏肓，莫奈却只能眼睁睁看着挚爱的妻子痛苦地走向死亡。不久之后，卡蜜儿便撒手人寰。

莫奈为珍藏挚爱妻子的最后样貌，将卡蜜儿的临终瞬间留在画中，完成了代表作《临终前的莫奈夫人》（Camille Monet on Her Deathbed）。他为这幅作品写下了一段话："我深深爱过、深深珍惜过的人，正在死去……即将永远离我而去的你，我想要画下你的最后一面。"

她是光，是灵感，也是永远的挚爱

在卡蜜儿死后七年的某一天，莫奈和第二任妻子艾丽斯所生的女儿苏珊娜一起在河边散步。他在阳光下撑着绿伞漫步的苏珊娜身上发现了卡蜜儿的影子，因而创作了两幅画，也就是《望向左方，撑伞的女人》（*Femme à l'ombrelle tournée vers la gauche*）和《望向右方，撑伞的女人》（*Femme à l'ombrelle tournée vers la droite*）。这是卡蜜儿死后仅专注于风景画与静物画创作的莫奈时隔七年的人物画作品。

不过，莫奈终究没有画出女人的面貌，而是以阳伞的阴影遮掩脸部，含糊带过。画中的主角虽然是女儿苏珊娜，实为卡蜜儿。在卡蜜儿面前永远是个纯情男孩的莫奈，将自己对她的深深思念化成了作品中的灿烂光芒。或许，莫奈极其渴望画出的，并不是当下的光，而是他眼中更加光彩夺目的卡蜜儿。

"卡蜜儿死后，印象派也随之没落。"对莫奈而言，卡蜜儿就是他的光，她是灵感的泉源，是永远的挚爱，也是光，就是这么单纯。尽管遭逢世人批判，身陷走投无路的贫困，莫奈仍能坚守自己对艺术的信念，只因有卡蜜儿在他身边。她用爱抚平了他疲惫的心，直到死去的时候依然用温暖的微笑安慰着他。当全世界都耻笑莫奈时，唯有她不离不弃，给予支持；当莫奈山穷水尽时，唯有她从不吝于露出灿烂笑容，长伴左右。这样的卡蜜儿，叫莫奈如何能够遗忘？

为了才华横溢的丈夫，像一抹影子静静守在身旁的女人——卡蜜儿，在她深爱之人的画笔下，化成了亘古不灭的光芒。

我们都忘了
母亲的另一个名字

因为太爱彼此，所以最常争吵；

由于极度亲密，说起气话来也毫不留情；

虽然最为相像，却往往无法理解彼此；

虽然共享一切，却在真正需要沟通时无法袒露心意。

这就是母女的关系。

母亲和女儿，是朋友、姐妹，也像情侣

阳光灿烂的周末早晨，从窗边溜进的和煦气息，让人自动自发地睁开了眼睛。我走出客厅，望见正一边哼着歌一边替盆栽浇水的妈妈。她一片一片地摘掉枯萎的叶子，专注地拭净花盆，让人切实感受到她对花的疼惜。过了一会儿，妈妈捧着一盆开得灿烂的粉红小花走了过来，以略显激动的神情，含蓄地炫耀着。见她快乐得像个小女孩似的，我也露

出了欣慰的笑容。

只是不知怎的，在我内心一隅也同时涌现了些许难过的情绪……我们总是忘却了一件事实：妈妈也是个女人，妈妈也有她自己的需要，妈妈不会永远陪伴在我们身边。

母亲和女儿的关系，是非常特别的：因为太爱彼此，所以最常争吵；由于极度亲密，说起气话来也毫不留情；虽然最为相像，却往往无法理解彼此；虽然共享一切，却在真正需要沟通时无法坦露心意。这就是母女的关系。

看到成长得亭亭玉立的女儿，母亲既感骄傲却又挂虑，一面支持女儿勇敢逐梦，一面却又期待她顺应传统平淡生活就好。看着为家庭牺牲奉献的妈妈，女儿虽然暗自敬佩，但又因为母亲没了自我而生气……时而抱怨，时而不舍，时而歉疚。母亲和女儿，有时是朋友，有时是姐妹，有时是情侣，终其一生都在彼此爱恨交织的关系中来回拉扯。

玛丽·卡萨特 —— 写实中更显真诚的亲子之情

美国印象派画家玛丽·卡萨特（1844—1926）描绘过许多母女相处的景象，妈妈与孩子亲密相随的温馨画面，是她倾尽一生心力关注的创作题材。例如，《船上聚会》（*The Boating Party*）刻画母子一同乘船的祥和情景，还有妈妈带着关爱眼神凝视怀中婴孩的《绿色背景前的母子》（*Mother and Child Against a Green Background*），如实呈现家庭共聚幸福时光的《浴后》（*After the Bath*）等。其中以通过平凡日常辉映温暖母爱的《浴》（*The Child's Bath*）最具有代表性。玛丽·卡萨特就如其"母爱画家"的称号一般，总能以温暖色调与柔和笔触，完美传达亲子之间的细腻情感。

在《浴》这幅画里，妈妈让孩子安坐在自己的膝上，以左手环抱着孩子，再用另一只手替孩子清洗着小脚丫。孩子低头看着妈妈替自己洗脚，并用一手挂着妈妈的膝盖以支撑自己的身体。妈妈对着孩子喃喃细语，孩子则乖巧地坐着，专心地聆听。

替体形娇小、胖嘟嘟的孩子洗着脚的妈妈，举手投足间满是小心翼翼，挂虑着水会不会太冷、孩子会不会着凉、姿势会不会不舒服。从孩子的目光中，不难读出孩子对妈妈悉心照顾的感谢与爱意。越是微不足道的日常景象，越容易激发深层的共鸣；轻描淡写地画出平凡日常，反更让人感受到无尽的母爱。

卡萨特出生于美国宾州的富庶家庭，从小就在主张"旅行是人生必修课程"的环境中成长，游遍巴黎、伦敦、柏林等欧洲各地，度过优渥安逸的童年。父亲是不动产业者，母亲来自金融世家，这样的出身背景让卡萨特衣食无虞，她却向往着波希米亚式的生活，并以女权主义者自居。

当时的社会风气仍认为，女性仅能待在家中操持家务，照顾孩子，

《浴》 | 1891—1892年 | 100.3cm×66cm

玛丽·卡萨特

男性才是社会的栋梁砥柱；卡萨特则强烈主张女性应有自主权，并积极地为争取女性参政发声。艺术在当时同样也是女性难以碰触的领域，当大多数的女人只把艺术视为在家从事的消遣兴趣时，卡萨特却选择以艺术作为职业，不顾家人反对，坚持学习绘画，追求成为画家的梦想。

在费城的美术学校上课时，她因女学生不得画裸体画的性别歧视待遇对恶劣的教育环境深感失望，于是决定离校，动身前往巴黎潜心学习绘画。然而，即使是巴黎，对女性的态度也极不友善。当时的巴黎又被称为"画家的梦工场"，有着数不胜数的画家驻留此地，创造出许多艺术作品，却仍是女性可望而不可即的禁地。不但父亲的反对从未停歇，连法国美术学院也仅仅因为她的"女性"身份，就拒绝让卡萨特入学。

因此，卡萨特唯一能做的，就是在卢浮宫临摹历代大师们的杰作。她借此练就了扎实的绘画技巧，在学习古典艺术之余，也不忘追求革新的技法，拒绝拘泥于传统形式，致力于创作出符合时代潮流的艺术人生。

疲惫现实中，母亲的怀抱带来温暖鼓励

即使在现代，想要兼顾家庭与事业也还是十分困难，在卡萨特的年代，这更是几乎不可能的事。卡萨特于是选择以事业而非婚姻来定义自己的成功，宛如抛弃了生为女人的宿命，终身不婚。根据法国社会学家亚历西斯·德·托克维尔（Alexis de Tocqueville）所言，即可得知那是一个多么不利于女性生存的时代，当时的女性又必须承受多少压迫。他曾以这段话形容18世纪40年代的美国：

> 美国女性一旦步入婚姻，就无法再享有婚前的自由。美国人要求已婚女性抛弃女人的身份，全心全意享受自己的义务。基于这种诡论，已婚女性的人生被囚禁在名为"家庭义务"的狭窄空间中，寸步难离。

卡萨特虽然终生未婚，却经常与已婚、有孩子的挚友们交游，这些"母亲与孩子"也成为时常现身在她作品里的角色。卡萨特勾勒女人独有的柔和与温暖情感，通过画笔呈现男性无从仿效的女性世界。她善用自己对色彩与生俱来的敏锐度，佐以细腻的技法，将亲子相处的模样尽收画里。相较于以理想中的设定来描绘母子关系，卡萨特笔下的亲子之情显得更加写实与真诚。

或许，卡萨特是借着画布里的母亲与孩子，描绘自己渴望却不得不放弃的家庭生活，以此宣泄无处释放的母爱。她的画作，优美却也透着忧伤，开朗但也显得黯淡。

看着卡萨特的画，令人不由得想起自己的母亲；洋溢温润母爱的亲子互动画面，每每让人想起心中珍藏的童年记忆，细细回味自己与母亲的难舍情感。就像在一次又一次被挫折绊倒的疲惫生活中，只要一被妈妈拥进怀里，顿时便能得到慰藉，甚而产生力量，在身心俱疲时，看看卡萨特的画，也能立刻豁然开朗。

在辛苦操持的漫长岁月中，一个无怨无悔爱着孩子的女人，彻底忘却自己的名字，选择了"母亲"这个称谓，奉献一切却不求任何回报，本能而始终如一地扮演付出的角色……正因为有了母亲这个推手，你我才能在人生旅途上昂首阔步。

父亲的守护，
是孩子的坚强后盾

男人坚守着远近适中的距离，一步、一步地前进。

他不发一语地守在女儿身后，就像是默默支持她勇敢前行，

以行动述说着，自己永远会是她最坚固的支柱与依靠。

和父亲走过的路，是美好的成长养分

不久前，和家人一起去了KTV，爸爸那天放声高唱了一曲法兰克·辛纳屈的*My Way*。整首歌的歌词以"And now, the end is near"开头，最后以"Yes, it was my way"结尾，大意则是："人生走到尽头，迎来生命的落幕。充实的此生，有过难以计数的经历……最重要的是，我过得随心所欲。是啊！这就是我一路走来的人生。"

爸爸以浑厚的嗓音高歌的模样，坚定而豪气，看起来确实能屹立不摇地坚守信念，继续走完往后的人生。然而，从另一个角度来看，却又显得有些凄凉，双脚仿佛沉重得再也跨不出步伐……无论经过多少岁月，他总是默默地走在"父亲之道"上，除了对爸爸感到尊敬，我的内心还混杂了些许酸楚。父亲，是个让人总觉得有苦难言的角色。

虽然怯于揣测何谓"父亲之道"，但和爸爸一起走过的路，我可是全都铭记在心。父母留给孩子最珍贵的财产便是回忆。孩子凭借回忆筑成的基石规划自己的人生，也将回忆转化为滋润成长路途的养分。

说起对爸爸的记忆，高个儿、暖乎乎的手、灿烂的笑容是最先浮现的印象。爸爸带我到游乐园骑旋转木马的情景、替格外怕冷的我穿上厚重外套的模样、父女俩手牵手走在亮白雪地的时光；清晨时，一边揉着我的脚一边低声唤我起床；即使推延公司工作，也全程陪我参加写生比赛，做我坚强的后盾；发生交通意外时，不顾自身安危冲到路中央，用温暖的大手轻拍我的背……每段回忆，都像一张张照片般，收藏在我心深处。

古斯塔夫·卡耶博特 —— 通过画作传递对父亲的思念

能将刹那的感觉或画面储存成实物的照片，与人类的记忆极为相似。照片捕捉住倏忽消逝的某一瞬间，让过往的片刻永恒留存，也使我们的记忆能够停驻于那个当下。

法国印象派画家古斯塔夫·卡耶博特（1848—1894），即以画出"如照片一般"的作品而闻名。他能像相机拉近焦距般，把聚焦的景象收进画布，通过画笔拉远人物与背景的实际距离，压缩空间，加强画面的立体感。从卡耶博特的作品中，不难见到他大胆使用远近法与钟爱的独特构图画技。

《穿工作服的男人》（*Man in a Smock*）这幅画，即是强调远近法的卡耶博特以绘画呈现照片效果的作品之一，画中描绘的父亲形象，使其更添情感温度。

一个男人正在前行，左边围篱外可见大海，右边是一片丛生的杂草。格外显白的道路，发散出倾泻而来的空虚感。男人背着手，徐徐踏步向前，独自走在空旷、寂静的道路上……从那满是褶皱的宽松工作服，似能窥见身为父亲而深感心力交瘁的萧瑟处境。

沿着男人的目光而行，可以望见远方有一个撑着阳伞的女子，两人的关系应是父女。男人坚守着远近适中的距离，一步、一步地前进。他不发一语地守在女儿身后，就像是默默支持她勇敢前行，以行动述说着，自己永远会是她最坚固的支柱与依靠。

在这幅画中，卡耶博特选择大胆且革新的构图，以大幅度压缩的远近法呈现明显的景深；通过从近景到远景而逐渐窄缩的路，成功将观看者的目光聚焦于一处。将位于起点的男人画得很大，站在消失点的女子

《穿工作服的男人》 | 1884年 | 65cm×54cm

古斯塔夫·卡耶博特

则画得很小，这是他刻意呈现的构图方式，用于强调空间感与距离感。

虽然画中的男女都只有背影，这样的构图却让我们切实地感受到男人凝视女子时所投注的情感；通过将两人置于同一直线，试图让你我的视角就像走在两人身后一样。此外，卡耶博特也利用看不见的尽头，激发观看者对画面之外的道路产生想象空间。

卡耶博特除了拥有天赋与才华，还有着温暖的性格。他出生于巴黎富有的上流家庭，虽然成功考取了律师资格，却毅然放弃成为法官，选择投身艺术。尽管富甲一方，卡耶博特的作品却以描绘庶民阶层的风俗画和风景画为主。接受传统科班教育的他，成功摆脱古典艺术的枷锁，全心创作属于当前时代的作品。

父亲逝世后，卡耶博特继承了可观的遗产，这使他终生都能在经济无虞的环境下埋首艺术创作。然而，他并未将这些财富全数为己所用，而是始终乐于分享与布施，不仅向经济陷入困境的画家朋友购买作品，对他们伸出援手，甚至还替莫奈缴付房租，举办并全力援助印象派画展，他自己也以画家身份参与了数次。1894年冬，他留下遗言，表示要"将自己搜集的所有艺术作品，全数捐给国家"，就此离开人世。

虽然在有生之年未受到太多瞩目，卡耶博特却实实在在是一位印象派画家，也是比任何人都关爱同侪、为艺术贡献良多的艺术家。家世优渥的他，本可目空一切地享受人生，却比谁都知晓平民为求温饱而挥洒汗水的崇高伟大……通过那敦厚的人情味，任谁都能真实感受他善良的心地。

遭逢挫败时，孩子最需要父亲的信任

是父亲的爱与信任，造就了卡耶博特这样的性情与人格。他的父亲马歇尔·卡耶博特，是经营军用物资产业的家族继承人和著名的法律从业人士，而他不只留给儿子为数庞大的遗产，更是儿子终其一生最坚强的后盾与盟军。虽然父亲早逝，但这份无条件的完全信赖，仍滋养着卡耶博特忠厚、笃实的人生旅途。

不知是否因为思念父亲，卡耶博特终生未婚，穷尽一生之力，在自己的创作中描绘各种父亲的样貌。尤其喜爱以"父女"为绘画主题的他，在父亲逝世次年完成《卡耶博特家地产中的公园》（ *The Park on the Caillebotte Property at Yerres* ），该画以父女漫步于百花齐放的宽阔公园为背景，呈现亲子相处的温馨景象；《钓鱼》（ *Fishing* ）描绘女儿温情地凝望戴着草帽钓鱼的父亲；《柳橙树》（ *The Orange Trees* ）则通过站在树荫下的女儿和坐在椅上读报的父亲刻画父女相处的恬静画面。或许，卡耶博特是想透过画作坦露自己对父亲极深的爱与思念……

孩子在成长过程中难免经历挫折，从而在一次又一次的试炼中长大成人。此时孩子首先需要的，便是父亲的信任。只要父亲投递温暖的目光，衷心地信任自己，孩子便能抬头挺胸战胜挫败，茁壮成长。一个人的成长历程，往往始于父亲的信赖与关爱，这是爸爸花了一辈子的时间教导给我的道理。

无条件的信任，令人既感戒慎恐惧又觉幸福。父亲始终如一的信任，成就了现在的我，即使跌跤，也因为知道身后有一道坚强的后盾支撑着自己而能勇往直前。这份信任，铺成了厚实人生旅程的基石，使世上的每个孩子都能泰然自若地走在父亲走过的道路之上。

双眼所见，
并非就是一切

每个人固守着一套看待世界的自身标准，

便会产生自己见到的窗外景色即为整个世界的错觉；

每个人都用自己的那把尺去衡量一切，

便会执着于其他人都该穿得下自己的衣服。

傲慢与偏见，衍生出人生百态

"凡是有钱的单身汉，都需要一个太太，这已经成了众所皆知的真理。这样的单身汉，每搬到一个新地方，左邻右舍虽然完全不了解他的性情如何、内涵如何，却因这则真理早已在人们心中根深蒂固，所以总是把他视为自家女儿理所应得的财产。"

英国小说家珍妮·奥斯汀（Jane Austen）以上述文字，揭开了《傲慢与偏见》的序幕。这本小说以婚姻为故事主轴，阐释因财产、地位、人性、价值观、身份、阶层等问题所衍生的傲慢与偏见，通过细腻的文笔串联各式各样看似微不足道的事件。书中虽然描写的是19世纪初英国乡村地区的社会样貌，却在两百多年后的今天，依然引起许多人共鸣，广受读者喜爱。作者入木三分的文笔与出众的表达能力固然使人惊艳，但最令人津津乐道的，则是她不断向读者抛出的一个问题："你双眼所见的，就是一切吗？"

自古以来，"偏见"对艺术家而言一向是相当重要的议题。敏锐的洞察力，使他们热衷于这样的表现形式——以带着偏见的眼光看待这个世界，犀利而风趣地面对一切冷嘲热讽。法裔美籍艺术家马塞尔·杜尚（Marcel Duchamp）在命名为《喷泉》（Fountain）的小便斗上签上R. Mutt一行字，撼动了20世纪初的艺术史；波普艺术开创者安迪·沃霍尔（Andy Warhol）以金宝汤罐头、可口可乐瓶、名人肖像绢印版画等作品，讽刺为偏见所操纵的伪善世俗；深获安迪·沃霍尔喜爱，被称为"黑色毕加索"的美国艺术家尚-米榭·巴斯奇亚（Jean-Michel Basquiat）为了破除世人认为涂鸦并非绘画的成见，希望大家称呼自己为"画家"而非"涂鸦画家"。凡·高也曾说过："肉眼所见的现实，永远都在改变，就如瞬间出现又消失的闪电，而人们却总是轻易地被匆匆一瞥所蒙骗。"

勒内·马格利特 —— 颠覆既有视角，才能看清世界

言已至此，让人不禁要提到比利时画家勒内·马格利特（René Magritte，1898—1967）。被誉为"超现实主义大师"的他，自1927年起在巴黎待了四年，其间他结识了超现实主义诗人保罗·艾吕雅（Paul Éluard）和超现实主义画家萨尔瓦多·达利（Salvador Dalí）、霍安·米罗（Joan Miró i Ferrà），这是促成他踏入此领域的契机。超现实主义狠狠冲击人们僵化的思考，刺激尚未被偏见污染的思想，进而粉碎你我根深蒂固的刻板印象。

在《形象的叛逆》（The Treachery of Images）中，马格利特在画好的烟斗下方留下一段文字："这不是烟斗。"我们同时见到烟斗图像与"这不是烟斗"的文字时，必然会十分困惑。

在另一件作品中，则有个男人正看着一颗蛋作画，但画布上显现的却是一只鸟。这幅画被命名为《透视》（Clairvoyance），巧妙阐释了马格利特究竟是一个什么样的人。

此外，马格利特还有一幅名为《空白签名》（The Blank Signature）的作品，描绘一名女子在丛林中骑马的模样，堪称是淋漓尽致诠释"偏见"这项主题的杰作。在他幅幅独特的作品中，尤以此画最触动人心。

画中，女子骑着马漫步丛林，树木郁郁苍苍，令人备感清新沁凉。

《空白签名》 | 1965年 | 81cm×65cm

勒内·马格利特

但仔细一看，却发觉女子、马、树和丛林，似乎有些难以言喻的诡异。原来，得要遮住马才能看见完整的背景，遮住树才能看见完整的女人。画中对象虽是我们生活中常见的事物与背景，这样的景象却又不存在于现实里；一切都照着原有形态被描绘而成，看似与实物相同，却是不可能真正呈现的模样。被切割的部分尽管相当清晰，却因为对象与背景的界线不明、画面的景深处理，导致视觉产生混淆。就如同"错视"（Optical Illusion）般，让人越看越迷乱，越看越疑惑。

马格利特的画作，呈现我们从未接触、不曾得知的世界。当我们认为万事万物只有单一形态时，实则不然，有时，现实甚至比幻觉更不现实。

马格利特下意识地显露出自己醉心于抗拒所谓的理性思考，通过融合对立的现实与幻觉，带领世人走进不可思议的崭新世界。最终，在置身充满矛盾的四维空间之际，触发潜伏于内心深处的疑问："如果世界上发生的所有事情都能随着岁月流逝理清因果，发生在因与果之间那些难以计数的过程，又消失到哪里去了？"

马格利特通过绘画，以单纯的思考方式扭转人类的偏见与先入为主的态度，开拓我们看待世界的视角。一如他曾说："我们眼见的一切，都藏着某些未知之事，而我们总是好奇那些未知之事究竟为何。"马格利特希望通过自己精辟的洞察力与超凡的智慧，好好地观察这个世界。

多看一点儿，看久一点儿，推翻成见

所谓具有洞察力的目光，即是指以主体的角度看待世界。我们在秉持观察者的角度时，永远只会看见结果，亦即只能看见画中被关在树间的女子。然而，一旦我们改为采用主体的视角，却能看见更多——她究竟途经多少路程才抵达此处？她在看什么？她想要前往何方？马格利特的画，推动我们进行深度思考与透彻分析。

马格利特锲而不舍地冲撞既存的图像概念，将日常熟悉的对象置于意料之外的空间，赋予其全新的定义，推翻被视为常态的理论，唤醒看待事物的根本价值观。相较于其他超现实主义画家多半钟爱创作不存在于现实的抽象、幻想图像，马格利特始终坚守作品的"写实性"，选择将日常所见的平凡对象放进画作。只是这些理应平易近人的事物，会变得有些扭曲，或现身于出人意料的场合，因而带来非凡的体验，通过熟悉的陌生感，打破习以为常的思考方式与固有成见。

人总是看不见双眼"真实所见"，而选择看见"自己想见"；人总是不相信"真正的事实"，而选择相信"自己想相信的事实"。我不敢断言这样是幸或不幸，只是到了将来，今日所见所信，或许早已变得面目全非。每个人固守着一套看待世界的自身标准，便会产生自己见到的窗外景色即为整个世界的错觉；每个人都用自己的那把尺去衡量一切，便会执着于其他人都该穿得下自己的衣服。

看得多，才不会被混淆；看得久，才不会只看见自己想看的画面。当我们不再认为双眼所见就是一切，才能看见真正该看见的东西。不再迷信习以为常的有色眼镜，不再屈服于熟悉的偏见，不再因修润过的视角而执迷于病态的感性，不再成瘾于自我判断的无瑕……这或许才是彻底避免被偏见蛊惑的正确态度吧！

双眼所见，并非一切。

跳脱色彩的制约，
让心更自由

扭转世俗长久以来对于色彩的偏见，不分性别、年龄、国籍、种族，
是全人类应该一起解决的课题。
当我们不再划分色彩定位时，才能有更多人充分发挥潜力，
乐于拥有个人独创性，进而享受自由、健康的人生乐趣。

"小女孩"不一定等于"小粉红"

午后，为了买份礼物送侄女，我去了趟百货公司。我一踏进女孩商品
区，简直吓了一大跳：粉红色首饰盒、粉红色皇冠、粉红色公主床、粉红
色化妆台、粉红色梳子、粉红色吹风机、粉红色电话、粉红色球棒、粉红
色头盔……被粉红色铺天盖地笼罩的世界，狂乱地冲击着我。

我赫然想起不久之前朋友寄来的一封信，曾说起幼年时期因为性别

不同而选择的颜色对一个人的性格与人生会产生什么样的影响……文中主张，世俗对于色彩的偏见，将左右我们的一生。朋友也连带提及，近来自己的大女儿似乎过分执着于粉红色了，意有所指地想问问我，这该如何是好……

朋友的诸多忧虑，终究要回归到一个问题：孩子沉迷的粉红色世界，究竟在向我们传达些什么？走在路上，瞥见从头到脚全是粉红色的小女孩时，让人不舒服的感觉其实远胜于可爱。一如西蒙娜·波伏瓦所言："一个人之所以为女人，与其说是天生，不如说是'形成的'。"我在心里也不免浮现疑问："这是孩子自己选择要展现的模样吗？"

在艺术家眼中，粉红色有时也象征着"压抑"

看到这样的孩子时，我总会想起俄罗斯画家阿列克谢·哈拉莫夫（Alexei Harlamoff，1840—1925）所画的《粉红软帽》（*The Pink Bonnet*）。哈拉莫夫笔下的肖像画，大多选择小女孩为描绘主题，尤以这幅作品最能传神地勾勒出带着粉红软帽的孩子复杂而微妙的神情。

画中，有一名戴着粉红软帽的女孩，她的脸部表情相当僵硬，凝望前方的眼眸看起来十分哀伤，紧闭的双唇仿似正在强忍内心的不满。由浅至深的粉红色蓬松蕾丝层层叠叠；大大小小的蝴蝶结，更显扮相的华丽。以极大的蝴蝶结装饰的软帽，就整体比例来看其已有些超乎常理……

这顶软帽似乎重得让女孩无法维持身体平衡，但年纪尚小的她，终究还是无法靠自己的力量解开蝴蝶结。从没能好好整理的发丝以及滑落一侧的衣服肩带，不难推测女孩还是需要别人悉心照料的年纪。笔触错杂的咖啡色背景，宛如正述说着孩子紊乱、烦躁的心境。

虽然艺术家们也会将粉红色视为"优美"的象征，但也有人用它来表达"压抑"。这不禁让人思考，今时今日惯于将性别与色彩挂钩的我们，又该以什么样的态度来看待这些作品呢？

美国雕刻家詹姆斯·李·拜耶斯（James Lee Byars）曾在其创作的《粉红丝缎计划》（*Pink Silk Object*）中，将粉红色丝缎杂乱地放进透明玻璃箱，以表现世俗强加于色彩选择自由之上的枷锁；韩国艺术家尹锡男（Yun Suknam）亦曾发表装置艺术作品《粉红沙发》（*Pink Sofa*），尖锐铁钉椅脚所支撑的粉红沙发，加上从沙发坐垫中蹿出的尖角，令人直觉毛骨悚然，借此阐释金玉其外的创作理念；韩国摄影师尹丁美（Jeong Mee Yoon）因其热爱粉红色的八岁女儿而着手创作《粉红与蓝计划》（*The Pink and Blue Project*），将男孩与女孩的日常用品区分为两种颜色，道破时代因习惯与沉默养成了对色彩的世俗成见。

《粉红软帽》 | 55.5cm×44.4cm

阿列克谢·哈拉莫夫

自幼"被养成"的色彩偏见，甚至已代代相传

问题核心不在于女性选择粉红色，而是长久以来"被选择"了粉红色。我们一直背负着靠粉红色彰显女人味的束缚，因而被培养成"女性化"的女性。其实我不懂粉红色为何是女性的颜色……这样的情结，早在父母替未出世的婴儿准备用品时，即可窥见端倪。

初访世界的婴儿，单凭着性别是女性，就得从出生那刻起被淹没在粉红色的衣物中，并在贴满粉红壁纸的房间里成长。不仅玩具全是粉红色的，甚至早已备妥的全套文具也是粉红色的。从婴儿服到女性化妆品，甚至连老奶奶用的丝巾，只要是女性用品，绝对少不了粉红色。

当然有人或许会觉得："不就是个颜色吗？"但是自幼儿期就接触依据性别来区分颜色的概念，这份认知会跟随我们继续走过儿童期、青少年期、青年期、成年期，直到老年期，对我们的性格与人生形成或多或少的影响。如同"三岁定八十"的俗谚所言，三岁时的色彩取向，尽管可能随着年纪增长改变，却也可能使人无形中残留对色彩的固有认知，始终戴着有色眼镜看待色彩的本质。这样的偏见，不仅仅止于自己，甚至会代代相传，就像我们常会见到父母斥责选择蓝色衣服的女孩："那是男生的衣服""穿起来一点儿都不像女生"。

好的父母会让女儿知道，"无论选择什么颜色，都是好女孩"，而非强迫女儿选择粉红色，借此让其变得女性化。健康的社会会赋予孩子

自主权，让他们自由选择多样化的色彩，而非以商业手法操弄粉红色。

本来就没有"本来"，往往只是"习以为常"

其实在第一次世界大战之前，社会尚未存在依据性别区分颜色的风气，反而还将粉红色视为男性化的象征。1914年的美国报纸《周日前哨报》（*The Sunday Sentinel*）曾向父母们宣扬："若想跟随时代潮流，你应该为男孩选择粉红色，为女孩选择蓝色。"马里兰大学美国学副教授乔·保莱提（Jo B. Paoletti）的研究表明："在幼儿园肇始之际，园内会使用象征强悍的红色与相近色调的粉红色代表男性化；直至20世纪初，为追求服装的整洁，则不分男女孩，通通穿着洋装款式的白衣。"第二次世界大战后，"粉红色代表女孩，蓝色代表男孩"的观念变化才开始出现，而起因显然是商业目的。

相关的探讨也出现在美国记者佩姬·欧伦史坦（Peggy Orenstein）所撰写的《灰姑娘吃了我女儿》（*Cinderella Ate My Daughter*）一书中。她疾呼大众文化与商业策略扭曲了女孩的性别认同，并提出以下论述："我并非指粉红色本质糟糕，而是粉红色仅为众多色彩之一，虽然有衬托少女时期的特殊意义，同时却也固着了女孩将外在形象视同于彰显自我价值的思想。"她并反讽地宣称，"女性化的女孩文化"早已随着女性人权与自主权的提升而日益茁壮。拥有女儿的她这样对我们说："我对女儿的唯一期望是她得以发掘自己的潜能，探索一切有助于发挥潜能的机会，成为一个健康、快乐、自信的人。"

性别与色彩挂钩会带来什么损害并不重要，重点是色彩究竟对身为社会一分子的你我产生什么样的制约与歧视。换句话说，这不是男女的问题，而是人的问题。因此，扭转世俗长久以来对于色彩的偏见，不分性别、年龄、国籍、种族，是全人类应该一起解决的课题。当我们不再划分色彩定位时，才能有更多人充分发挥潜力，乐于拥有个人独创性，进而享受自由、健康的人生乐趣。

本来就没有"本来"，往往只是"习以为常"。

永远记得，
成为自己喜欢的大人

每当现实划伤心房，令人顿感无力之际，我们往往会闪过"不如就此妥协吧！"的念头……

尽管如此，转身回想起那段对世界充满好奇的日子，

就让我终究不想放弃要成为一个"好大人"的坚持。

"长大"之后的我们，究竟遗落了什么？

"不知道是否已尝遍人生在世该有的感受，有些厌倦起人生了呢……"某日，从不认为活着值得感恩、把一切视为理所当然的她，用着生无可恋的语调如此说道。

如果所谓的大人，就是会忙得无暇与重要的人相处，不再觉得圣诞节或过年值得兴奋，对一切新事物都了无兴致，那我宁愿不要变成大人。

只不过，我们的模样，往往朝着与这番决心相反的方向扬长而去，变得总是做好失望的打算，时刻抱持悲观的想法。无论发生任何事，都控制着自己，露出满不在乎的神情，像是早就看透一切而不以为意，误以为压抑情绪才是大人应该有的表现。长久固守这样的模式，使我们变得冷漠无情；以过快的速度运转情绪，又使我们动辄过度反应。或许，成为大人，就是一段练习面对陌生情绪的过程吧！

　　小时候，我很喜欢看新闻。上学前，为了多看一点儿晨间新闻，我会故意用很慢的速度吃早餐，或在客厅整理上学用品，竭尽所能地拖延时间；伴随晚间新闻播放的整点钟响，也每每牵动着我稚嫩的心。尽管妈妈老是语带斥责地问我，为何这么爱看新闻里的社会事件，我却往往充耳不闻。对于对世界充满好奇、见到任何人都觉得新鲜的我，新闻不仅是引领我向外迈进的探奇之门，也同时满足了一个孩子对成人世界的憧憬。

　　然而，从好奇转为担心、从憧憬转为失望的过程，并没有花上太长的时间。因为看了太多，而开始假装看不见；因为发生了太多，而开始假装不知情。人们为了捍卫宛如世界唯一价值般的各自理念而相互对立，终究还是露出了狐狸尾巴。一个个表面上都佯装着为梦想打造乌托邦，到头来还是承受不了绑手绑脚的束缚与恐惧，信念于是通通化成抨击彼此的狠毒眼神。明知会演变成纷争，却持续不断地挑起事端，策动阴谋，用于相互中伤、抹黑……有人误以为自己的理念才是正义，有人主张爱国才是普世价值，双方就像是对彼此恨之入骨的孪生手足。

看着他们将世界切割成黑与白，我心想："如果用黑白电视看夏加尔的画，大概就是这种感觉吧！"算了，说不定黑白电视里的世界，更接近我们实际感受的世界。

世界所发生的问题，大部分都源自上下，而非左右。我从未期盼一个公平的社会，却祈求有一个公正的社会。厌恶公正的人们，躲在名为公平的保护伞下，夜以继日地运转着不公正的社会，宣扬剥削与掠夺所换来的荣耀，要求盲目效忠，只要遇到丝毫阻碍，一转头即以若无其事的姿态肃清、践踏。时时刻刻只想得过且过，一旦以要求他人的标准来检视自己，又总有辩解不完的道理。自始至终固守着严以律人、宽以待己的处事方针，坚守掠食与被掠食的战争永不可能终结的信仰，认定别人的失败就是自己的成功。

遭受不当迫害、蒙受莫须有罪名的人，似乎唯有将自己承受的一切加诸他人，才能一吐怨气……如同某些缺乏关爱的人，会无缘无故对停在路边的车或走过的狗迁怒泄愤一样，酿成永无止境的恶性循环。

"为什么会这样？"历经无数次的提问，真正引起我关注的是，他们何以泰然自若地展现出与真实内心毫不相符的表情呢？笑得那么没有灵魂，宛如失去自我。以光彩尽失的神态，不假思索地阿谀奉承，只为迎合某人的脾性。为动摇他人之心而搏命演出，竭尽所能地将自己包装成非我族类。暗自为本身排名、评分，依赖经历与头衔装饰自尊。打着

"讨生活"的名号，争权夺利不择手段，有时仅为了拓宽自家房子的平方米数，便不惜张牙舞爪豁出一切。为了糊口，强忍羞辱；为了生存，操弄阴谋诡计。最悲哀的是，有一天我赫然发现，自己已经和他们越来越像。我不寒而栗，毛骨悚然的感觉顿时一涌而上……我反复思索，一次又一次：能不能不要长大……

《晨间新闻》——带着好奇的眼神，迎接每个早晨

小时候，我曾经梦想自己能够长成像美国印象派画家海伦·特纳（Helen Turner, 1858—1958）在《晨间新闻》（*Morning News*）这幅画中描绘的模样。一名女子坐在椅子上打开早报，悠闲地吃着桌上简单料理的早餐，享受读报的乐趣，这感觉一定很棒！柔和洒落的晨曦弥漫屋内，各种物件自安其位；随着浓郁的红茶香幽幽飘散，来自世界各地的故事化身黑色活字，悄悄带着读者造访某个角落，转眼间又消失得无影无踪。任凭灿烂阳光恣意流泻，女子始终神情泰然，聚精会神地将目光停驻于某处。就像新闻内容趣味横生一般，望见女子以闪着满满好奇的眼神和挂着笑意的脸庞迎接宁静的早晨，让我好生羡慕……

特纳特别喜欢描绘女性置身室内的景象，尽管画作主题或背景都十分平凡，画家所营造的氛围却又是那么不凡。散发轻盈、滑顺感的窗帘

《晨间新闻》 | 1915年 | 45.08cm×37.47cm

海伦·特纳

和粗糙、硬邦邦的地板，塑造出强烈对比。特纳不受拘束却仍见细腻的笔触，着实散发独特魅力；她将日常景象变幻得如此不同凡响的表达能力，实在使人惊艳。也许有时我们会认为，描绘平凡日常的画作无甚价值，但实际上，没有任何"特别"比得上"平凡"的崇高。因为平凡，所以不凡，人生哲理往往现身于平淡无奇且微不足道的事物，追求平凡，是实实在在努力过的人才能体悟的瑰宝。

我顿时忆起，有位朋友也像特纳一样，有能力将平凡转换为不凡。当她见到古人把鱼肚绑成襁褓时，比起佩服人类的智慧，她更赞颂大自然造物的神奇；看着列奥纳多·达·芬奇（Leonardo da Vinci）的《最后的晚餐》（*The Last Supper*），比起惊叹大师的杰作，她更好奇的是谁准备了那么多料理，随即联想到劳动阶层的权益问题。我们一起造访知名美术馆时，她曾将买票剩余的零钱赠予在入口乞讨的老人，然后露出灿烂的笑容。那年的她十八岁，我也因而深信，"大人"的定义并不在于年纪大小。

莫忘初衷，朝"理想中的好大人"振作前行

后天学会的悲观，导致人们习惯性地沮丧。每当现实划伤心房，令人顿感无力之际，我们往往会闪过"不如就此妥协吧！"的念头……尽管如此，转身回想起那段对世界充满好奇的日子，就让我终究不想放弃要成为一个"好大人"的坚持。反复咀嚼那段想逃离一切的时光，才发现万念俱灰与冷嘲热讽的态度其实是源于期待与希望……于是一面想着"不可以背叛小时候的自己"，一面振作前行。

或许，我们不过都是在模仿着所谓的"大人"罢了。无论是实际存在的大人，还是自己想象中的大人，我们都应该长成自己理想蓝图里的"好大人"。模仿着大人的我，永远是个小孩儿。不过，很神奇的是，只要做出阅读的姿势，不知不觉也会开始阅读；只要大笑出声，心情也会变得快乐……时刻模仿着做个好大人，总有一天也会真的变成好大人吧？借引安东尼·圣埃克絮佩里（Antoine de Saint-Exupéry）在《小王子》（*Le Petit Prince*）这个被称为"大人阅读的童话"中所写的一段文字，或许可以这么说："所有的大人都曾经是孩子，但很少有大人记得这一点。"

旅行——为了找寻自己而踏上这条路

畏惧却勇敢、笨拙却热血的那段时光，就在横冲直撞之际，转瞬消逝；

正因为再也回不去了，变得更加朦胧不清……或许，当时留下的慨叹，

终将铺陈为重临往昔的伏笔。

彷徨与恣意，
青春的专利

就这样不断将青春浪费在恐惧未知的某一天，

无形中似乎有股引力，把我带上了飞机。

用了一整个夏季放逐自我，如今回首才发现，那一切正是青春啊……

听从内心召唤，踏上未知的地中海之旅

在那段除了炽热的眼神外一无所有的日子里，我决心远赴他方，唯一确定的只有离开与回来的日期。如同某天突然听见来自远方的鼓声而决定前往希腊的日本小说家村上春树一样，我也就此展开为期一个月、没有目的地与计划的地中海之旅。

天色尚未破晓的黎明时分，我自然地睁开双眼，吃完简便的早餐，

便缓缓动身造访伊斯坦布尔最大的地下宫殿，以及使用蓝色瓷砖装饰而成的蓝色清真寺（The Blue Mosque）。

横跨欧亚大陆的伊斯坦布尔，拥有极为独特的文化，基督教遗迹与伊斯兰教寺庙并肩而立，伊斯兰教的严格律法与个人自由相生共存。每小时响起的唤拜声，将人们一一聚往清真寺。此时，我对英国历史学家阿诺德·汤因比（Arnold Joseph Toynbee）所说的话颇感共鸣："伊斯坦布尔，是完整保留人类文明的露天博物馆。"

一群头戴华丽希贾布的女人走近我要求合照，后来听从她们的推荐，我前往一家环境优美的甜点店，品味地道的土耳其咖啡，并挑选尝试了几种定制的顶级甜点。她们不问自答的热情，给我留下深刻印象，那悠哉、乐天的模样，温暖了游访异乡的我。

每次旅行，我一定会前往该座城市的公园。对疲惫不堪的旅客而言，能在市中心享受徐徐吹来的鲜甜清风的公园，可以说是抚慰身心的最佳休憩地。恰如纽约的中央公园、伦敦的海德公园，土耳其也有居尔哈内公园（Gülhane Park）。Gülhane在土耳其文中意指"玫瑰庭园"，这里也是每年举办伊斯坦布尔国际郁金香节的地方。

带着一份羊肉沙威玛，我前往土耳其历史最悠久的居尔哈内公园。甫踏进入口，绿色飨宴随即迎面铺展，放眼望去，一片翠绿。茂盛高大的绿树林立，让我一路引颈张望，直到脖子都有些酸疼了，才总算看见公园的尽头。郁郁葱葱，我不由自主地频频深呼吸。坐在零星散布的长椅上阅读的人、躺在绿草地上享受思考的人，真叫人羡慕他们的悠闲自在；倚着树木一起听音乐的情侣，看起来真的好可爱。聚在喷水池附近抚弄水柱消解暑气的孩子们，模样非常快乐……看到他们被打得啪啪作响的水花逗得咯咯大笑，我也不禁露出满足的微笑。

如同爱好画猫的土耳其素人画家伊斯拉·希尔玛（Esra Sirman）作品中所呈现，伊斯坦布尔到处都是猫，神奇的是，它们完全不怕人。我拿出包包里的饼干，捏成碎片喂食，小猫开始一只接着一只尾随我；小狗专挑能充分享受日光浴的地方躺着午睡，画面好不恬静。和煦的阳光悄悄渗透树叶，树叶随着轻拂而来的微风摆动身躯。四处盛放的黄澄澄郁金香，佐以一望无际的如茵绿草，让人顿时将旅途的疲惫抛诸脑后。

我在枝繁叶盛的公园里散着步，挑了个喜欢的位置坐下。我在树荫下拿出买好的沙威玛，咬了一大口，塞得满嘴胀鼓鼓的，香浓酥脆的口感堪称一绝。我忘却自己旅客的身份，像个当地人般从容躺卧，边看书边听音乐……休息了一阵子，不知不觉已届日暮，影子变得越来越长。

虽然这是一趟远离熟悉环境、追寻陌生感觉的旅程，我却在陌生的环境中发现了熟悉的感觉。或许，这就是旅行无可取代的微妙之处吧？

《夏》 | 1893年 | 128.3cm×82.6cm

托马斯·杜因

《夏》—— 甜美的鲜绿旋律，唤醒快乐记忆

居尔哈内公园除了是繁华市区内如宝石般珍贵的绝佳休憩地，同时也是大自然的栖身之处。置身于此，就像走进美国印象派画家托马斯·杜因（1851—1938）如梦似幻的画作深处。

作品弥漫着朦胧梦境般氛围的托马斯·杜因，又被称为"绿之画家"，极爱以绿色作画。由他一手包办的绿色飨宴包括《歌》（*The Song*）、《日出之前》（*Before Sunrise*）、《隐士画眉》（*The Hermit Thrush*），尤其是1890年完成的《夏》（*Summer*），堪称完美地呈现绿色丛林的清新景象。自18世纪80年代后半开始，杜因即将自己与三五好友在旅途中所见美景收进画布，看着他的画，我仿佛重见自己漫无目的远赴他方的那个夏季，兴奋之情难以言喻。

丛林的四周满是绿树，仿似从未有人踏访，蓬松的绿草与茂盛的树木并立，偶尔传来小鸟啪啪作响的振翅声，以及对盛夏略带着忌妒的唧唧蝉泣。虽然周围安静得连虫鸣都不再响起，盎然的生气却倾泻而出，甜美的鲜绿旋律宛如穿透丛林，传遍世界每一个角落。颜料洒满画布，色彩协调得醉人，倍添神秘感的模糊界线，让眼前景色宛如梦幻世界。

两名闯进丛林深处的女子恰巧出现，每踏出一步，便引起绿叶骚动，沙沙作响的树叶声伴随两人脚步前行。听着鸟儿叽叽喳喳的歌声，她们愉快地迈开步伐，很快抵达丛林中央。一名女子张开双手伸直腰杆

儿，仰望天空，以全身享受盎然绿意；旁边的另一名女子则撩起裙摆转圈，四下张望。两人在扶疏的枝叶间扬起清脆笑声，扩散到很远很远的地方……优美的景色与绵延的静谧，唤醒了许许多多快乐的回忆。

杜因用感性的方式将人类与大自然巧妙地结合。他曾与重视美学层面更甚于叙事结构的美国画家詹姆斯·惠斯勒（James McNeill Whistler）共事，并深受其影响，因此从杜因的绘画中，不难感受到他独具的唯美主义。所谓的唯美主义（Aestheticism），是将"美"视为最高价值的文艺思潮；亦即相较于描述具体化的形态，更注重营造氛围。杜因相信，即便少了清晰、明确的形态，绘画依然能充分呈现该有的生命力，他不仅通过幻境般的画风实践这项理念，甚而促进了唯美主义的发展。以《夏》这幅作品来说，即巧妙呈现了绿色能将阳光与空气融合为一的特性。

年少的纯粹，点燃内心沉寂已久的火光

动身前往旅行的原因，直到回来之后我才明白。我一直执着于为何只有自己过得这么辛苦、委屈，为了不明朗的一切而焦躁、紧张……就这样不断将青春浪费在恐惧未知的某一天，无形中似乎有股引力，把我带上了飞机。在彷徨的年轻岁月，用了一整个夏季放逐自我，如今回首才发现，那一切正是青春啊……

记录青春璀璨瞬间的杜因画作，带我忆起珍藏在内心深处的那段时日。跃然于画布之上的翠绿丛林，那一片清新至极的景象触动了青春年少的纯粹，点燃内心沉寂已久的火光。一如他选择以缥缈的绿色呈现意念，我也在旅途中遇见了朦胧却嫩绿的青春之美，从中学会如何在人生路程上徐徐漫步，以及重新起身前行。

怦然，唯有置身青春才敢放肆彷徨的勇气。那绝无仅有的青春啊……

路的尽头，
也是另一个起点

我在迷宫般的复杂巷弄间失去方向时，突然惊觉自己似乎走进了死巷。

我向阳台上晾着衣服的中年妇人问道："这里是尽头了吗？"

她笑着回答："这里虽然是尽头，却也是另一个方向的起点。"

水都威尼斯，闻名全球的文艺之城

从船上放眼威尼斯的景色，我不禁戛然屏息。那样的画面，即便只是静静欣赏，也拥有让一切安定下来的力量，仿佛不知何谓绝望、从未经历过挫折般，坚毅而昂然。

我喜欢威尼斯的原因，除了绝妙的景色外，还有这里的人们即使身陷绝望深渊，也未曾失去希望的斗志与努力。公元6世纪，数千名向南逃往海边的难民在浅海地带筑起数百万根柱子，打造人工岛屿，从此掌握海路，成为海洋霸权的始祖。威尼斯为了在恶劣的环境中生存，单凭着人类强大的意志力，在荒芜的潟湖中建筑起一座城市，因此轰动世界。

音乐、艺术、文化等活动皆蓬勃发展的威尼斯，堪称是艺术宝库，早在很久以前便吸引不可胜数的画家在此停驻，激荡创作灵感。这里不仅是许多杰出小说的故事场景，也是各种电影与音乐作品的诞生之地。

撼动灵魂的美国小号手克里斯·伯堤（Chris Botti），以童年时期对意大利的回忆录制了Italia这张专辑，而我聆听着其中的《威尼斯》一曲抵达了圣马可广场。隐约映着清晨耀眼阳光的广场，伴随抒情、感性的小号演奏声，柔和地抚慰我心；99米高的钟楼、总督官，以及不计其数的鸽子，兴高采烈地迎接我的到来。

广场旁创立于1720年的"花神咖啡馆"（Caffè Florian），是全欧洲历史最悠久的咖啡馆，曾吸引卡萨诺瓦、拿破仑、歌德、卢梭、肖邦、海明威等名人登门造访。一走进店内，便能感受到咖啡馆雅致清幽却任谁也难以效仿的壮美气势。在前往"威尼斯双年展"（La Biennale di Venezia）之前，我决定先喝杯热乎乎的咖啡，遥想曾经踏足此处的名流，作为崭新一天的起点。

与美国"惠特尼双年展"（Whitney Biennial）、巴西"圣保罗双年展"（Bienal de São Paulo）并称全球三大艺术盛典的威尼斯双年展，肇始于1895年，已经有超过百年的传统，是威尼斯人引以为傲的世界第一双年展。

Biennale在意大利文中意指"两年一次的",而提议每两年举办一次展览的是意大利诗人加布里埃尔·邓南遮（Gabriele D'Annunzio）——他主张艺术的淬炼至少需要经历这样的间隔，才足以为艺术界带来全面性的变化。

从圣马可广场搭乘水上巴士前往展场"绿园城堡"（Giardini di Castello）途中，可以看见中心展馆和依次罗列的二十九座各国展馆。这样的安排不仅提升参展乐趣，也是威尼斯双年展被誉为"艺术界嘉年华"的原因。

仔细参观过主题馆后，我转身前往国家馆，除了看看韩国馆，品味各国不同的文化特质，感觉也饶富兴味。与其说是"参观"，我想"体验"会是更恰当的词汇。其中有许多独特鲜明、立体感强烈的作品，处处可见摆弄姿势的行为艺术家，整座城市就是他们展演的舞台。

孕育画家的摇篮，也是画作中的优雅美景

自16世纪中叶开始，以"艺术中心"之盛名广为人知的威尼斯，即培育了许多意大利画家。华丽巴洛克艺术先驱、被誉为"色彩魔术师"的提香（Titian），以威尼斯画派独有的色彩主义挥洒创作；保罗·委罗内塞（Paolo Veronese）以迷人的构图搭配绚丽色彩，树立无可取代的自我风格；文艺复兴晚期最具代表性的威尼斯画派大师丁托列托（Tintoretto），通过充满动感的构图与强烈的明暗对比，展现丰富戏剧

性。18世纪，以神话与圣经故事为题材、使用革新技法创作穹顶画的提埃坡罗，其作品《背着十字架的基督》（*Christ Carrying the Cross*）、《逃往埃及》（*The Flight into Egypt*）等，也为世人所熟知。

此外，描绘威尼斯景色的画家也大有人在。1881年，初次造访他国的雷诺阿，便画下了幻想世界般的《威尼斯总督官》（*The Doge's Palace, Venice*），以表达自己深深为威尼斯的光彩水色所倾倒。望着碧波荡漾的威尼斯，我除了联想到莫奈的《总督官》（*The Palazzo Ducale*），也想起莫奈的启蒙恩师——擅长描绘海边风景的法国印象派画家尤金·布丹（Eugène Boudin），和其笔下一幅幅洋溢怀旧与宁静气息的威尼斯景致。还有萨金特、马奈、法国画家亨利·马丁（Henri-Jean Guillaume Martin）等数之不尽的创作者，他们都曾将威尼斯的优雅美景收藏于画作之中。

与完美无缺的平静不期而遇

随兴漫步在威尼斯街头，转进不知为何处的老旧建筑间；仰望天际，湛蓝天空下飘扬着一件件洗净的衣物。一如"水都"美名，威尼斯四面环海。正当我在迷宫般的复杂巷弄间失去方向时，突然惊觉自己似乎走进了死巷。我向阳台上晾着衣服的中年妇人问道："这里是尽头了吗？"她笑着回答："这里虽然是尽头，却也是另一个方向的起点。"

此刻，我才听见平静的海浪声。略腥的海水味，反而如此安抚人心。走在阳光灿烂的街道，不时涌现想大哭一场的感觉……想着"只要再过一会儿，一切都会好转"，刻意什么都不做，只是慢慢地走着，走着，其实也能得到安慰。

好不容易走出小巷，我发现自己已不知不觉抵达了叹息桥。薄暮敲响了钟塔，传说中，只要在穿越叹息桥下的贡多拉船上拥吻，便能成就永恒之爱……深陷爱河的恋人们，成双成对地迎着海风，纷纷聚集于此。一边摇桨一边高唱意大利民谣《桑塔·露其亚》（*Santa Lucia*）的乐师，蓦然令我脑中浮现电影《情定日落桥》（*A Little Romance*）的场景。

偶然撞见的宁静景象，为我的心带来冲击。迷路，其实是一种幸运。在那一段旅程中，我找到了完美无缺的平静，任何情绪都无法颠覆的平静。夕阳笼罩着陈旧的桥墩，绚烂的红晕紫光，将大地染成一片难以言喻的静谧。一笔恬静、一笔清澈、一笔温柔，画成了威尼斯独有的景色，恰似奥地利风景画家法兰兹·李察·安特伯格（Franz Richard Unterberger，1838—1902）笔下的《威尼斯运河》（*The Grand Canal, Venice*）。

《威尼斯运河》——画下旅人悠然浪漫的心境

出生于因斯布鲁克的安特伯格，深受艺术品收藏家父亲的影响，

《威尼斯运河》　|　46.7cm×34.6cm

法兰兹·李察·安特伯格

在旅经意大利那波利、阿玛菲、热那亚时，搜集了大批艺术品，也留下许多优美的风景画，其中尤以描绘威尼斯景色的作品数量最多。《威尼斯运河》完美刻画浪漫而壮丽的城市景致，漫溢的宁静，不言而喻。蔚蓝的天空绽放朵朵白云，海鸥自由自在地飞越运河。一名撑着阳伞的女子，乘着贡多拉出游。粼粼绿波托着船身，威尼斯的恬静日常与荡漾水波，栩栩如生地跃然于画面之上。

为了呈现完整的景色，画家采用远处俯瞰的视角。令人心旷神怡的画面，是画家呈献给你我的一份名为"悠然"的厚礼。安特伯格一边旅行，一边画下旅人的内心，看着他的画，就好想立刻动身前往某处……

英国作家安东尼·伯吉斯（Anthony Burgess）曾说："对人性感到灰心的人应当去一趟威尼斯，从此便不会再有灰心的念头。人类如果能建造这样伟大的城市，其灵魂就有被救赎的价值。"倾尽全力、挥洒斗志建成的威尼斯美景，让我们知道人类的意志力有多强悍，也让我们领悟绝望并非终点。

迷失在威尼斯街头时，偶然找到的那份完美无缺的平静，不仅彻底抚慰了我，还教会我"路的尽头即是起点"。路的存在，不只为了离开，也为了归来。总有一天我会回来，这座让人不得不为之着迷的城市……威尼斯的每一幕，尽收于我心深处。

挫折与雷阵雨，
很快就会过去

大家都说，想一窥少女峰的面貌，得看老天爷赏不赏脸。

正当我心灰意冷地想着，"看来自己的幸运额度早已用尽"，

狂暴的雷阵雨竟意外停歇了下来。太阳懒洋洋地露出脸庞……

身心俱疲的自己，渴望在远行中稍获喘息

身处永恒轮回的世界，生存是我唯一的目的。为此，我鞠躬尽瘁，然而挫折却像线团一样绵延不绝，顽固的不安情绪，一再涌现。被绝望击溃的日子，不断上演，仿佛人生即将就此落幕。层层叠叠的落空冲击，一把将我推进泥淖般难以动弹的无力感之中。

被世界伤得满身疮痍、万念俱灰的我，来到了这里。接二连三的

磨难，引领着不谙英文的我抵达此处。虽然不知道能在旅程中获得些什么，我却很清楚应该抛下些什么。

在鸟鸣声中苏醒，我推开窗户，感受空气中的沁凉。这个以阿尔卑斯山为庭园、以巴哈阿尔普湖为散步小径的山村——格林德瓦（Grindelwald），坐落于海拔1034米处，放眼即能望尽瑞士全境。我坐在阳台上，享用完丰富的早餐后，随即准备登上少女峰（Jungfrau）。

被称为"欧洲之巅"的少女峰，是海拔4158米的雪山。为了对抗高山症与严寒，我备妥糖果、巧克力等简便的食物，以及能随时补充的水，然后拿了件厚外套，便起身前往格林德瓦车站。过了一会儿，登山火车抵达。自1912年起营运的登山火车，有百年以上的悠久历史，迄今仍为旅人带来便利，使其饱览沿途美景。

出发后不久，即可见到翠绿草原上集聚的瑞士传统牧人小屋Chalet。家家户户皆以鲜花装饰窗台，十分醒目；坐在庭院的餐桌边悠哉享用热茶的居民，神情泰然。生活在如此清幽的环境中，这里的人们天性善良、悠然，似乎完全没有坏心眼儿或急躁之类的性情。行经小丘的牛群，晃着叮咚作响的铃铛；清闲地嚼着嫩草的羊群，让人有种置身童话世界的错觉。不见噪音与尘埃，清新而芳草如茵的景色，使我的心境安稳许多。

就在我沉醉于美景之际，天色骤然昏暗，乌云铺盖而来，倏忽下起倾盆大雨。等到天一放晴，暴雨又在转瞬间落下，反复上演着乍晴还雨的戏码。我不禁忧虑起这令人毫无头绪的天气，也似乎突然弄懂了Jungfrau这个字意指"少女"的缘由——这座山峰就像羞涩的少女一般，犹疑着要不要为你一展美丽容颜……

《雨》——雨丝冲刷了大地，也洗涤了伤痛

我一边祈求着天空赶快放晴，一边从包包里拿出一幅图片——德裔印象派画家马提亚斯·艾腾（Mathias Alten，1871—1938）的《雨》（*Rain*）。

每当偌大的世界下起雨时，我便会想起这幅画。在滂沱大雨中，专注地看着它，便能听见从画中渗出的雨声正在对我倾诉；就在全神贯注的刹那，我找到了自己。虽然撼动人心的风景带来了无比喜乐，我却不由自主地红了眼眶……一幅画所带来的余韵，是如此强而有力。

有名女子站在湖中央，以全裸的躯体淋着雨，她摊开双手，静静体会雨滴的触感。独自伫立在没人看见的湖边，享受一丝不挂的自由，着实令人钦羡。雨水浸湿大地，湖中荡漾起一圈圈涟漪，树木纷纷将身躯沉浸在这场及时雨里，一扫大白天的烦闷热气。

雨丝滑落于女子的胸膛，一点一滴地洗涤长久以来淤积于内心的伤痛。焕然一新的大地，散发出绿草的土腥味，女子深深吸入一口清新的

《雨》 | 1921年 | 91.44cm×91.44cm

马提亚斯·艾腾

空气。

为了脱离战争与贫穷，艾腾在十八岁那年与家人一起移民美国。从那时起，他便为了维持生计，辗转在家具工厂、办公室、电影院等地工作。基于这样的家庭背景，艾腾起初并没有提起画笔的余力，一直到十几年后，出现了富裕的赞助者，他才正式开始作画。

后来，艾腾在赞助者协助之下前往巴黎留学，一边在学院念书，一边踏上画家之路。不知不觉间，他就这样创作了许多洋溢独特风格的印象派画风的静物画、肖像画和动物画，跃身为美国密歇根州大急流城（Grand Rapids）举足轻重的画家。

风景画尤其能彰显艾腾的绘画长处。有别于当时趋之若鹜描绘美国辽阔风景的画家，艾腾巧妙地将自己的情感与绘画融合，其画作带给你我的感动，往往远胜于惊叹。经常在美国与欧洲各地旅行并创作的他，偏爱搭乘马车而非火车，不然就是以徒步、骑驴等方式移动，享受旅途的简朴之趣。

艾腾不属于任何学派，因此能不受拘束地创作；而通过旅行，他也坚定了自己成为画家的意志。赞助者的出现，对他而言确实是天大的幸运；万一没有这份资助，艾腾可能终生都无法画画，更遑论成为画家。一想到此，让人心里不禁有些酸楚。

大自然不发一语，却早已道尽千言万语

心思晃荡的我，又看了看画……不知不觉火车已经抵达山顶。担忧，终究成了事实。眼前一片白茫茫的世界，完全被雪覆盖。雨水弄湿头发，强风吹拂耳际，雾气笼罩全身……好不容易穿越泄洪般的暴风雨躲进瞭望台，我赶紧喝了杯热可可暖和身子。

在无计可施的情况下，时间一分一秒过去，几乎决定要放弃的我，呆呆地凝望窗外。大家都说，想一窥少女峰的面貌，得看老天爷赏不赏脸。正当我心灰意冷地想着，"看来自己的幸运额度早已用尽"，狂暴的雷阵雨竟意外停歇了下来。太阳懒洋洋地露出脸庞，就像巨人般呼的一声吹走了雾气与乌云。过一会儿，天空不可置信地转为万里无云的蔚蓝，我总算亲眼见到瑞士真正的自然景色。

为了将眼前不知几时还能再见的壮丽景象用眼、心、身牢牢记住，我匆匆忙忙跑到室外。走过点着蓝色灯光的冰宫，踏出瞭望台的瞬间，一片净白雪原映入眼帘，这是唯有亲身登顶才得以体验的雄美、辽阔。悬崖峭壁衬托出峡谷的美丽，无边无际的山脉令人切实感受天地间的浩然之气。一如"上帝雕琢的阿尔卑斯山宝石"之美誉，少女峰的里里外外俨然就像一幅画，随手拈来皆是一张美景明信片。

与天空连成一线的山峰，更显少女峰的壮丽。我实在无法推估，究竟需要经历多少岁月，才有办法完成眼前这幅作品。不妨就把这一切称

为大自然的杰作吧！大自然果真拥有瞬间卸除人类武装的力量……我暂时忘却了严寒，反复赞叹万年冰雪笼罩而成的这处秘境。

过去那段时间所经历的无常变化，甚至比持续不断的雷阵雨更加难熬，湿透了身体，疲惫了心灵……挫折没有尽头，希望不见踪影。然而，站在大自然面前，挫折早已成了云烟，仅仅留下内心真正重视的东西。

大自然不发一语，却早已道尽千言万语。尽管置身步步艰辛的世道，我仍然感激能获得暂时的喘息，快乐地享受天赐美景。在沉醉于自然之美时，我转而回头看了看自己。每一个当下都是完成品，却也永远尚未完成……大自然告诉了我——希望，往往就在挫折里。

我们的人生，总是为了战胜挫折而紧抓着未成熟的希望。人生在世，就是如此有趣，却也煎熬。我早已明白却也常忽略的一件事，那就是——挫折与雷阵雨，很快就会停歇、过去。

坚持下去，
才能成为完整的"我"

无法被重视传统的沙龙认同的印象派画家，

烦恼着究竟该放弃所追求的画风，以求在沙龙崭露头角，

还是该坚守自我风格，举办印象派画家专属的联展。

当时默默无闻的他们画下的作品，

如今都成了世界各大美术馆收藏的展品……

飘荡着画家灵魂的巴黎，俯拾皆是艺术

我沿着塞纳河慢慢地走着，不知不觉抵达了奥塞美术馆（Musée d'Orsay）。镶满华丽装饰的建筑，处处散发着雄伟气派，排山倒海似的震撼我的双眼。一踏进馆内，立刻感受到火车站的独特气氛，一座大钟率先映入眼帘，这是该馆过去曾为火车站的象征物，原为悬挂于建筑外部的两座大钟之一。昔时仍被称为"奥塞宫"的最高法院，在大火中被

付之一炬后，于1900年重建为"奥塞站"，历经三十九年的铁路营运而关闭，最后又在1978年重启改造，成为现在的奥塞美术馆。

奥塞美术馆是巴黎三大博物馆之一，如果说卢浮宫坐拥世界最大博物馆的规模，庞毕度中心集现代艺术之大成，那么主要展示19世纪印象派画作的奥塞美术馆，堪称是"印象主义美术馆"。走进美术馆三楼被称为"奥塞美术馆精华"的展场，随即可见印象派大师们的作品一字排开——凡·高的《在阿尔勒的卧室》（*Bedroom in Arles*）、高更的《大溪地女人》（*Tahitian Women*）、马奈的《奥林匹亚》（*Olympia*）、德加的《露天咖啡座的女人们》（*Women on a Café Terrace*）、保罗·塞尚（Paul Cézanne）的《浴者们》（*Bathers*）……不计其数的巨作齐聚一堂，着实令人亢奋。

其中，最吸引我目光的是雷诺阿的画。除了巅峰之作《煎饼磨坊的舞会》（*Dance at le Moulin de la Galette*），还有《弹钢琴的少女》、《浴女》（*The Bathers*）、《乡村之舞》（*Dance in the Country*）等，不胜枚举的作品近在眼前。与《煎饼磨坊的舞会》并列为雷诺阿呕心沥血结晶的《秋千》（*The Swing*），更是让我印象深刻，这幅画曾被法国作家埃米尔·左拉（Émile François Zola）用于小说《爱的一页》（*Une page d'amour*），无疑是印象派引以为傲的作品。描绘舞会景象的《煎饼磨坊的舞会》，成功传递众人兴高采烈的氛围；刻画女子荡秋千样态的《秋千》，则完美流露悠然、娴静的韵致。

这些画作的感觉类似于卢浮宫的《阅读》（Reading），以及橘园美术馆的《花园中的嘉比叶》（Gabrielle in the Garden at Cagnes），皆以妙龄女子为画中主角，勾勒绚丽光芒的笔法非常"雷诺阿"。生前经常在卢浮宫研究历代大师作品，埋首于古典艺术与印象主义的雷诺阿，如果知道自己的画作被高悬于卢浮宫、奥塞美术馆、橘园美术馆等世界顶尖美术馆，不知会做何感想。越看雷诺阿的画，就越想跟随他的足迹而去。

漫步蒙马特，追寻印象派画家的足迹

走在飘荡着诸多画家灵魂的巴黎，俯拾皆是艺术；在被誉为"画家之路"的蒙马特，更是如此。至今仍可见到艺术家们在此展示自己的作品，有展开画架为女子描绘肖像的画者，也有展现各式姿态的表演者。

在蒙马特的街道上，处处都能感受到我之前在美术馆看到的雷诺阿的画中光景。我想起了以幻境般笔法呈现女性散步姿态的《蒙马特的花园》（A Garden in Montmartre），以及勾勒蒙马特科托街庭园里荡秋千女孩珍娜的《秋千》。除了雷诺阿，凡·高、毕加索、亨利·德·土鲁斯-劳特累克（Henri de Toulouse-Lautrec）等不胜枚举的画家也都喜欢选择《煎饼磨坊的舞会》中的煎饼磨坊为创作主题，这个地方如今则以餐厅形式坐落于蒙马特山丘上。今日的蒙马特，与一百多年前雷诺阿笔下的

景色差异不大，亲自踏访曾出现在他作品中的场景，仿佛能听见一段段穿越时空而来的故事。

对画家而言，当时的巴黎是灵感泉源，尤其是位于蒙马特巴提纽勒大道的盖尔波瓦咖啡馆（Café Guerbois），更是孕育印象主义的摇篮、近代艺术的发源地。无法被重视传统的沙龙认同的印象派画家，经常聚集于此，讨论崭新的艺术形态。他们烦恼着究竟该放弃所追求的画风，以求在沙龙崭露头角，还是该坚守自我风格，举办印象派画家专属的联展。当时默默无闻的他们画下的作品，如今都成了世界各大美术馆收藏的展品……或许，选择"专一"而非"第一"，终究才能淬炼出"第一"吧？

漫步于蒙马特，感受着他们的气息，转眼已是入夜时分。即使印象派画家的秘密基地盖尔波瓦咖啡馆已不见踪迹，蒙马特仍存在许多历史悠久的咖啡馆。我找了一个有百年历史、古色古香的露天咖啡座坐下歇息。当我正观看着路人，悠哉地喝着咖啡，突然有个画面攫住了我的视线：一对紧握彼此的手漫步的老夫妻。

手上戴着大大情侣戒的奶奶，穿着强调腰线的合身服装，踩着红色法式高跟鞋，发出叩叩的声响行走着；她身旁的爷爷则把贝雷帽压得扁扁的，穿着可爱的吊带裤，搭配具有画龙点睛效果的蝴蝶领结。不单是两人吸睛的时尚打扮，还有某种难以言喻的感觉，顿时震撼了我……

他们俩恰巧坐在我的邻桌，爷爷替奶奶拉开椅子、奶奶替爷爷擦汗的画面，真的好美……他们看起来都是很懂得爱自己的人，再用这样的态度去爱对方，一如雷诺阿、凡·高、马奈等印象派画家，终其一生坚守个人风格，永不放弃自己独有的美，并且自然、自信地散发这份优美，撼动世人的心。尽管我曾为绘画或音乐着迷，可是为"人"，甚至是为一对"老夫妻"着迷，似乎还是第一次。

皮埃尔·奥古斯特·雷诺阿 —— 通过画笔，珍藏人生喜乐

老夫妻喝着咖啡畅谈的模样，让我出神地凝望了好久。那个画面宛如雷诺阿（1841—1919）笔下的《一杯茶》（*The Cup of Tea*）——画中有对中年夫妻悠闲地并肩喝茶，是一幅洋溢爱与幸福的作品。

外出散步的夫妻，随兴找了间咖啡馆坐下。两人的目光聚焦于女服务生倾倒的茶。浅浅扬起一抹微笑的妻子，交叠双手静待品茗。泡泡袖洋装辉映着光线，以红花装饰而成的绚丽帽子，更显女子的可爱。身旁穿着深色套装、跷起脚的丈夫，模样帅气；鼻下修剪整齐的胡须，以及卷起一侧帽檐的软呢帽，装扮得个性十足。有只小狗坐在一旁，陪伴共度闲暇时光的夫妻，不知是否被四溢的茶与美食香气所吸引，小狗兴奋地伸吐着舌头。笼罩整个画面的缤纷光彩，深具抚慰人心的力量；绝妙的色彩变化，优美而温暖。

《一杯茶》 | 1906 — 1907年

皮埃尔·奥古斯特·雷诺阿

看着如斯景象，我猛地想起电影《雷诺阿》（Renoir）中的一幕。某天，饱受关节炎折磨，双腿，甚至连手指都无法动弹的雷诺阿，索性将画笔绑在手上作画。他对着认为父亲"画得已经够多了"，苦苦劝阻他别再作画的儿子回答："痛苦终将过去，美丽却能长存。任务还没完成，我会一直画到力气完全耗尽的那一刻。"

　　对于直到离世前仍始终埋首创作的雷诺阿而言，绘画是他的一切，也正是"他"。雷诺阿的哲学，是将一切美丽、愉快的事物化作绘画，如果无法享受作画，那么也失去了作画的理由。因此，他选择通过绘画珍藏人生喜乐。

　　这样的人生态度，成为让"他"之所以是"他"的力量。或许，这就是终其一生描绘明亮、灿烂画作的雷诺阿最终想要传达给你我的讯息吧——放肆地爱！开怀地快乐！人生，是如此美丽而幸福。

夏夜凉风，
带我重临美好往昔

隐约映照着夕阳余晖的海中央，是冰与火的共存点，
一如同时存在的冷静与热情、理性与感性、现实与幻想……
有幸送别短暂却美丽无限的夕阳，已足以为这趟旅程画下完美句点。

甩开忙碌的借口，来趟说走就走的旅行

夏天离场、秋天尚未登场的九月某日，我坐在窗边喝茶，任凭凉风搔痒鼻尖。应该起身离开的理由数不胜数，但即使该走的原因远多于留下的理由，我们也始终无法就此起身。显然，因忙碌而无法抽身的人，就算有了时间，也不会行动；今天无法启程，明天也同样不会出发。我立刻打了通电话给朋友，突如其来的一句"我们去釜山吧！"，随即宣

告了三个女人的釜山之行。

几小时后，我们在首尔车站碰面。一个刚收工，看起来十分憔悴；另一个细心地带齐了所有旅行的必备物品。看着天差地别的这两人，我不禁扑哧一笑。

为了一到釜山就能迎接日出，在首尔车站稍事休息后，我们便搭上接近半夜十二点出发的火车。我们把行李摆进座位，拿出事先买好的汉堡和饭卷，边吃边开怀聊天，火车轰隆轰隆地开动了。不知是否因为暂时摆脱了日常生活的枷锁，跳过了某些烦琐的环节，在旅途中分享的事物，总是相对深入。正当我们沉醉于愉快的心情、尽兴交谈之际，寂静已悄悄流窜于车厢间。

各自凝视窗外的我们，开始听起音乐。我一按下Play键，耳机随即传出爱尔兰歌手戴米恩·莱斯（Damien Rice）的歌曲Amie，歌词一开始就诉说着："Nothing unusual, nothing strange. Close to nothing at all." 大意是指"没什么不寻常，也没什么怪事，总之一成不变。日复一日的生活、千篇一律的雨，找不到惊人的爆点。不过老了几岁，仅此而已……只是个呆站原地，不知该前往何处的士兵。告诉我你仍相信，世纪末来临，将为你我的人生带来改变。"轻快的歌词、沉重的故事、优美的旋律唤醒了好心情。

原本我们打算在凌晨左右抵达釜山后，随即搭出租车前往海云台迎接日出……只是人生嘛，计划永远赶不上变化。因为不知名的理由，火车无可奈何地晚点好几个小时，哪里也去不了的我们被困在上头苦等了好一阵子，总算到达釜山车站，时间已是早上八点。被迫更动行程的我们，决定先前往"釜山双年展"。这项展览结合了釜山青年双年展、海洋艺术节和国际户外雕刻研讨会，并自2002年更名为"釜山双年展"，为两年一期的重要艺术展览。

与挚友相伴同游，生命中的吉光片羽

参观了釜山市立美术馆内的主题展览后，想要看特展的我们，随即前往釜山文化会馆。从造型奇特、需要更高接受度的抽象创作，到写实美学的具体实践，展览内容十分多元；此外，也有邀请参观者亲身体验，或是取材自日常生活的各种创作。打破不同种类作品的框架，使两者均衡并存的艺术尝试，尤其令我印象深刻。

跟随着来自世界各地的知名艺术家，了解形形色色的有趣故事，偶尔沉醉在满溢感性的作品中……不知不觉，时间已近黄昏，我们急忙赶往海云台。

在住宿处放好行李，我们立刻奔向海边，踏上沙滩。夏天的尾声将尽，正担心凉风袭人的初秋会不会有点儿清冷，才把双脚泡进海水里，那舒服、温暖的感觉，随即让人忘却上一秒的忧虑。玩了一阵子水后，我们回到沙滩并肩而坐。大家总说，只要有三个女人聚集的场合，铁定吵闹不休，但在那一瞬间，我们却像事先约定好似的，全都沉默不语，只是静静聆听海浪低吟，凝望着远方的地平线，好久、好久……

当我们还深深沉醉于海边的静谧时，太阳已在眨眼间开始西斜。仅仅一刹那，鲜艳的夕阳就像被染得鲜红的地毯一样，如闪电般耀眼，泼洒而下的金黄余晖，几乎占领了整片海云台。

隐约映照着夕阳余晖的海中央，是冰与火的共存点，一如同时存在的冷静与热情、理性与感性、现实与幻想，其价值更甚于任何金玉其外的事物。虽然没能见到日出，但有幸送别短暂却美丽无限的夕阳，已足以为这趟旅程画下完美句点。

温斯洛·霍默 —— 用柔美的光，述说大海的故事

这趟说走就走的旅程，无疑将成为我毕生难忘的回忆。为如诗如画的美景与美食而着迷，为耐人寻味的见闻与艺术而喜悦，最美好的是，身边有着挚友们相伴。那片绚烂难忘的海景，让我想起美国写实主义画家温斯洛·霍默（Winslow Homer，1836—1910）的《夏夜》（*Summer Night*）。被称为"海洋画家"的霍默，多以波涛汹涌的海洋和乌云密布的天色为创作主题，作品呈现萧瑟却动感十足的氛围。这幅画是他少数流露平静、温和气息的作品，因此更加珍贵而别具意义。

微凉的海风轻拂耳际，波涛冲击巨岩，拍打出有节奏的声响，与海

《夏夜》 ｜ 1890年 ｜ 76.7cm×102cm

温斯洛·霍默

风合奏出一曲优美的旋律。两名女子将身躯托付给这首海洋奏鸣曲，像是被施了魔法般尽情舞动。双脚踩踏白沙，多情地细语绵绵；两人置身月光笼罩的海边，恰似做梦般腾空飞翔。大海仿佛被相机的闪光灯打亮，不停歇地闪耀着；灿烂的波澜，碎成一朵朵雪白浪花。坐在石头上凝望海洋的群众剪影，恰与大海融为一体。没有光彩夺目的太阳，没有令人摇头的噪音，沉寂的夏夜，就像母亲的怀抱一样，宁静而温暖。霍默以缤纷的色彩和纯熟的笔法，勾勒出属于大海的故事、醉人而朦胧的夏夜。

在这幅创作于1890年的作品中，霍默将重点聚焦于光，以柔美的光线效果如实呈现海景。1891年，《夏夜》于纽约某画廊初次面世时，惨获《纽约时报》以外的所有媒体与评论家一致恶评；但在九年后的1900年，这幅画却在巴黎世界博览会沙龙展荣获金牌奖，成为霍默的代表作。他甚至表示，打算将这面金牌带进棺木一起长眠，由此不难得知《夏夜》对霍默有着何等重大的意义。

虽然无法与霍默的钟爱相提并论，但在他为数众多的作品中，《夏夜》也是我最喜欢的一幅画。画作本身固然美丽非凡，但更重要的是，它原原本本地唤回了我的青春记忆。横冲直撞的躁动感、勇敢狂奔的夏夜空气，偶尔会从我内心深处涌起。那段畏惧却勇敢、笨拙却热血的时光，就在横冲直撞之际，转瞬消逝；正因为再也回不去了，变得更加朦胧不清……或许，当时留下的慨叹，终将铺陈为重临往昔的伏笔。

能留下一个回到过去的理由，真好……

会坠落的东西，
都有翅膀

一如奥地利诗人英格伯格·巴赫曼在《游戏终止》这首诗作中所言：

"会坠落的东西，都有翅膀。"

我相信，即便置身无尽坠落之境，

我们也能怀抱希望，期待有一天再度振翅高飞……

想要靠近天空，体会真正的自由

曾以为是土地的地方，却是沼泽。奋力蹬着脚，想着哪怕是一根稻草也要紧紧抓牢，挣扎的躯体反让自己越陷越深，最终仍难逃惨遭吞噬的命运。那个不容许挣扎的地方，正是你我置身的世界。坠落的终点究竟在哪儿？一如文艺复兴画家老彼得·勃鲁盖尔（Pieter Bruegel de Oude）的《伊卡洛斯坠落风景》（*Landscape with the Fall of Icarus*），画中可怜的主角仅剩双脚在半空中胡乱踢动，旁人却只是苦苦相劝或保持沉默，未曾伸出援手。我同样也只能择一而行——就此死去，或者拼了命地飞翔。

两天前抵达土耳其西南小村落的我，正漫步在厄吕代尼兹（Ölüdeniz）海滩。Ölüdeniz意指"死海"，源自此处有如死亡般寂静的海浪声。名副其实的平静大海，立刻掳获我心。戴上耳机，走着走着，我不自觉停下脚步。不知道是因为美得耀眼的海洋，还是因为此刻耳边响起的音乐，我只知道自己的泪腺出故障了。合上双眼，我任凭泪水与温煦的阳光抚慰自己；体内的每个细胞都醒了过来，灵敏地做出反应，让温热的气息流窜于心底。

抬头一看，发现有人在空中飞翔，看起来自由无比……我忽然有些好奇：那是什么感觉？于是对"天空"产生了兴趣。对天空一无所知的我，只知道一旦开始飞翔，唯有不断往前，才能免于坠落。我想，享受飞翔的过程，远比飞翔这件事还重要许多。

我决定鼓起勇气。大致准备好后，我走出饭店，见到一辆凶神恶煞的卡车，便不假思索地挤了上去。挤满高壮白人男子的空间里，赫然出现一名东方女子，深感不可思议的众人纷纷探头探脑地望向我。我露出尴尬的笑容，先行点头示意。卡车轰隆隆地发动后，全车随即陷入一片死寂。

与大海面对面相视的陡峻石山，即是海拔约2000米的巴巴达山顶，也是滑翔翼飞行的起点。不过，这是怎么回事？卡车出发后不久，我开始起疑：难不成"死海"的称号并非源自平静的海浪声，而是因为真的有人曾经或即将葬身于此……

随便一动就立刻会滚出去的破烂卡车上载了十几个人，人们个个夹紧屁股，好不容易才熬过既没护栏又窄到不行的弯曲沙石路。不知是车速太快，还是有其他原因，沙尘飘扬的情况非常严重，崎岖不平的石子路，每每让人悬空足足有15厘米高。吓掉三魂七魄的我，全身汗毛竖立，确确实实有种生命受到威胁的感觉。我一边忧虑："究竟还要开多久？死在这里怎么办？"一边狠下心觉悟："真的注定死在这儿，也只能接受啊！"正当两种思绪来回拉扯，卡车总算抵达山顶。勉强平复呼吸的我环视四周。人果然是健忘的动物，眼前令人惊叹的景色，让我瞬间忘却置身万丈悬崖的恐惧。

《阳光明媚的山谷》——昂然自得的坚毅勇气

我大口大口地呼吸清新的空气，面对让人卸下心防的壮阔风景，仿佛走进查尔斯·柯伦（1861—1942）所画的《阳光明媚的山谷》（*Sunlit Valley*）。柯伦是美国印象派画家，擅长以天空、风、阳光为背景，描绘女性的姿态。画中，一名女子昂然自得地站在山顶，光是看着她的模

《阳光明媚的山谷》 | 1920年 | 76.7cm×50.8cm

查尔斯·柯伦

样，自己仿佛就能实际感受个中畅快。

登上山顶，映入眼帘的是另一个世界。穿越低空笼罩的雾气，放眼即是一望无际的平原，自天而降的光彩，从头到脚辉映着女子。正当地平线另一端的山峰潜入山岚，无边无际的翠绿光辉，遍洒寰宇。万里无云的湛蓝天空下，女子坚毅地伫立。赤脚而站的她，以全身迎接山风，俯瞰群峰的姿态傲气十足。灿烂的阳光与广阔的平原，佐以女子大无畏的神态，弥漫着令人肃然起敬的感动。

激动与恐惧，伴随着"历经千辛万苦，总算来到这里"的念头，我想象柯伦画中抬头挺胸的女子，知道自己一定做得到。勒紧头盔，再次绑紧鞋带，我拖着滑翔翼的背包，缓缓走向悬崖。化成翅膀的超大滑翔翼，在大地之上唰地展开，我深吸一口气，然后再吐气，瞬间想起司马辽太郎在《宫本武藏》中所写的文句："虽然人类无法像鸟一样翱翔天际，但只要下定决心，再高的地方，也无法阻止人类一跃而下。"

再度深呼吸，我随着飞行员"Run! Run! Run!"的喊叫声加速前进，嗖的一声，身体霎时腾空而起。飞向光用肉眼看都觉得眩晕的高空，原来仅仅需要几步。我有一种变成鸟的感觉……所谓"自由"，大概就是用在这种时候吧？我似乎有点儿能体会莱特兄弟为何会如此执着于飞上天际了。环顾四周，能见之物唯有天、海、云。风拂过双颊，云掠过耳际，发出聒噪的声音。整副身躯乘风飞翔，我张开双臂，微微摆动双脚，像是在空中漫步似的。

脚下貌似小狗的大岛，因被选为电影《青春珊瑚岛》（*The Blue Lagoon*）的拍摄场景而闻名，而我竟然有幸将这片美丽的蓝色潟湖尽收眼底……一如沙漠之美在于胸怀绿洲，海洋之美，也是因为拥抱着岛屿吧？

旅行者的心情，就是这种颜色吗？大自然的颜色，恰似洒落的颜料，梦幻般的色彩。此时若浸泡着双脚，仿佛立刻便能感受蓝绿交融的水波潺流。渐层翠绿的地中海，像宝石般闪闪发亮，水天一色，难分你我。每当难以用辞令形容的蓝绿波光一闪耀，我便忍不住轻声惊叹。这样的感觉，就像长久以来不断做着深陷沼泽噩梦的我猛然惊醒，却发现自己正在空中翱翔的奇妙心情，来回穿梭于恐惧与沉醉之间。

坠落，或许才是让人振翅高飞的唯一方法

飘荡在空中好一阵子后，我降落在海边。花了好一番工夫准备飞翔，下降却只需要一点点时间。带着短暂却强烈的翱翔回忆踏上土地，顿时觉得从天而降的阳光格外亲切。

人生的路途，险峻不已，宛如时刻踩在悬崖边缘般，偶尔甚至会觉得在无止境地朝万丈深渊坠落……发现自己正在无法见底的沼泽内拼命蹬脚后，我选择来到这里。没来由地，当展开体内早已被遗忘许久的翅膀飞向天空时，我突然有个念头："坠落，或许才是让人振翅高飞的唯

一方法。"一旦飞上天际，眼前的树，开始变成森林……那般庞然、沉重、压得我几乎喘不过气的世界，不过是这般渺小而微不足道。我苦笑着，并清楚地知道，自己已有能耐重回那充满苦难与烦闷的日常。

一如奥地利诗人英格伯格·巴赫曼（Ingeborg Bachmann）在《游戏终止》（*Das Spiel ist aus*）这首诗作中所言："会坠落的东西，都有翅膀。"我相信，即便置身无尽坠落之境，我们也能怀抱希望，期待有一天再度振翅高飞……不，应该说，我想如此相信。

我坐在厄吕代尼兹海边，凝望粉红色的余晖，下定决心要再飞一次……或者说，第一次想要凭借自己的力量翱翔。

每个偶然，
其实都是奇迹般的必然

或许，正是绵延不绝的奇妙缘分，串起了我们的一生。

回顾过往，每一段看似"偶然"的缘分，

其实正是我人生中奇迹般的"必然"。

走进泰特美术馆，亲炙英国大师杰作

伦敦的天气，让人完全摸不着头绪，忽晴忽阴，一大早便哗啦啦地下起大雨。就像泰特不列颠美术馆（Tate Britain）的威廉·透纳（Joseph Mallord William Turner）的画作一样，这是阴沉、冷清的一天。幸好刚离开饭店没多久，我赶紧回去拿了把伞，再次朝美术馆出发。

也许是因为大雨，美术馆内的人潮比意料中少。泰特不列颠是位于伦敦米尔班克（Millbank）的国立美术馆，由当时富甲一方的企业家亨利·泰特（Henry Tate）捐赠私人收藏的艺术品与建设基金，于1897年建成，"泰特"之名也是取自这位捐赠者的姓氏。该馆可谓英国众多美术馆中最具开放性也最大众化的一座，但在形成今日这番样貌的过程中，实则也付出了许多努力。通过英国的千禧年计划，泰特现代艺术馆（Tate Modern）、泰特利物浦（Tate Liverpool）、泰特圣艾夫斯（Tate St Ives），以及扩建后的泰特不列颠，被整合成腹地更大、更现代化的美术馆，开放免费参观常设展，举办在线讲座，并通过社交平台积极地进行宣传，期盼能成为贴近大众的美术馆。

看画，需要选择与专注。与其贪心地想看遍所有作品，不如重质不重量地选择非看不可的作品。一次看太多，最终只会落得每一幅都无法认真欣赏。泰特不列颠收藏毕加索、马蒂斯、惠斯勒、莫迪利亚尼等许多知名画家的作品，不过这里更适合想要集中欣赏17世纪以降近代英国大师杰作的参观者。例如，19世纪的一代巨匠威廉·透纳的各式绘画、维多利亚时代画家约翰·阿金森·格林沙（John Atkinson Grimshaw）笔下的朦胧月色、英国引以为傲的前拉斐尔派画家约翰·埃弗里特·米莱斯（John Everett Millais）的代表作《奥菲莉亚》（Ophelia），以及印象派画家菲利浦·威尔森·斯蒂尔充满感情的绘画等，多彩多姿的作品尽收于此。

想到马上能见到这些画作而雀跃不已的我，赶紧推开美术馆的大门。走进入口，到处都是身穿红色制服来进行校外学习的学生，我看了看他们可爱的模样，随即走进展馆，让脚步自然地随着目光所至前行。

《桥》——朦胧色调裹覆着细腻意境

我穿梭于展馆之间，仔细专注地欣赏每一幅作品，而菲利浦·威尔森·斯蒂尔（Philip Wilson Steer，1860—1942）的《桥》（*The Bridge*），让我不由自主停下了脚步。画作之美，瞬间使我屏息。能亲眼见到喜欢的画作，着实深为感动，果然唯有实体才拥有如此强烈的震撼力……站在画前，可以切身感受一笔一画栩栩如生的气息，作品完整展现了原有面貌。

薄暮笼罩，黑暗渐近，世界却像点了灯一样，隐隐约约地闪亮。斯蒂尔运用色彩的浓淡，将晚霞里停泊的船只、人们、远方的海岸线描绘成黑色剪影；朦胧、简洁的寂静景色，则以留白的方式处理，更加突显悠远余韵。画中有对正在远眺余晖、相互交谈的男女。倚着桥梁的女子，陶醉于优美的风景中；穿着帅气褐色西装的男子，侧身站在一旁。日落时分，伫立在桥上对话的他们显得悠闲而浪漫。光是看着两人的模样，内心就随之涌起一股暖意。斯蒂尔描绘过许多海边风景，这幅画的场景则位于英格兰东南部萨福克郡的华伯史威克（Walberswick），以光芒流泻的柔和景致与朦胧色调，细腻地传达创作意象。

《桥》 | 1887年 | 49.5cm×65.5cm

菲利浦·威尔森·斯蒂尔

尽管是如此优美、杰出的作品，这幅画在初次展出时，却被评论家抨击得体无完肤，尤其是"故意假装不会作画""乱七八糟的体态"等负评，甚至让深感挫败的斯蒂尔萌生放弃绘画的念头。在被既存框架束缚的评论家眼中，这是一幅极其不堪的作品。如同英国作家塞缪尔·约翰逊（Samuel Johnson）所言："每一个时代都存在着需要纠正的新错误，以及需要抵抗的新偏见。"无论过去或现在，接受新事物，始终是件难事。

沉迷在斯蒂尔的画作中好一会儿，才惊觉手表指针早已指着向晚。抱着有点儿不舍的心情，决心再次造访的我，今天只能先行离开。难以置信，原本雨水滴滴答答的阴沉天气，此刻竟然变得晴空万里，身体甚至能感受到阳光热辣辣的温度，闷热不已。阳光如此绚烂，不禁让人想来份炸鱼薯条，搭配一杯冰凉的啤酒，咕噜咕噜畅饮一番。我朝着与人相约见面的柯芬园Rock & Sole Plaice而去。

各种遇合构筑的回忆，正是旅行的魅力

创立于1871年的Rock & Sole Plaice，古典的外观洋溢着怀旧气息，是伦敦历史最悠久的炸鱼薯条餐厅，曾被英国《独立报》和《观察家报》等媒体选为"美味的炸鱼薯条餐厅"。看了看早已客满的店内，我们在店外找了个位子坐下。不久，服务生端上香气四溢的炸鱼薯条，以及杯外凝满水珠的冰啤酒。切开刚炸好的热腾腾的炸鱼，淋上些许柠檬汁，最后搭配塔塔酱一口塞进嘴里，简直是难以言喻的美味啊！此刻，再配上一杯沁凉的啤酒，一扫伦敦的燥热暑气。

与许久不见的朋友畅谈过去未及分享的故事，望着徐徐西沉的落日，我起身前往伦敦塔桥。白天的塔桥固然美丽，但眼前璀璨的夜景，更是壮丽得令人叹为观止。街道上满是忘却夜已深沉的人们，见到塔桥上一起欣赏夜景的恋人，我想起了上午才看过的斯蒂尔的《桥》。

沉醉于浪漫氛围的我漫步在塔桥上，突然间，某个从远处走近的人和我四目相对——原来是学姐。同一段时间在同一个国家旅行，还在同一天的同一个时刻走在相同的地点，这样的偶然很难不让人惊讶。不知该说什么才好，我们只顾着捧腹大笑，然后问问彼此的近况……仔细回想，这样的情况好像不是第一次了。

某次在韩国，和朋友到新开的Outlet逛街，穿好衣服走出试衣间时，我们也恰巧碰见；前往光州参观双年展，在某间咖啡馆喝完咖啡、走出店门时，我们又相遇；最令我印象深刻的一次，是在大学路看话剧时，学姐就坐在我邻座，当时两人真的都吓了一大跳。提及文艺活动，学姐与我固然拥有类似的兴趣，不过能和一个人在不同的地方偶遇数次，确实难能可贵。这一切，或许就是所谓的"缘分"吧？那一瞬间，就像偶然在旧相簿里发现对方的一张照片般，成为永生难忘的特殊回忆。

旅途上，我曾遇见许许多多的缘分。在陌生的地方偶遇老友，促使我们结伴同行，也成了往后时常相约出游的契机；背包旅行时，除了认识同宿的朋友，也会碰上热情招待异乡人到自己家中做客的当地人。缘分，往往现身于如此偶然的情境，有些固然是转瞬即逝，但通过这大大小小的遇合所构筑而成的回忆，说不定才是旅行真正的魅力所在。

　　珍惜短暂的相聚，感激所有的缘分。或许，正是绵延不绝的奇妙缘分，串起了我们的一生。回顾过往，每一段看似"偶然"的缘分，其实正是我人生中奇迹般的"必然"。

人生，
由选择与责任组合而成

好的选择，并非是选择了正确的选项，

而是即使选择了不正确的选项，

自己也不会觉得后悔或羞愧，并能从中获得些什么。

拜访希腊天神的故乡 —— 克里特岛

从雅典比雷尤斯港出发的渡轮，彻夜横越大海。走上甲板打算吹吹凉爽海风的我，凝视着远方港口，直到黄白交错的灯火渐渐消失在眼前。如同希腊作家尼科斯·卡赞扎基斯（Nikos Kazantzakis）所言："有生之年能造访爱琴海的旅客，都是有福之人。"此刻我正前往散发着绚烂光彩的克里特岛（Crete）。

我在客厅小睡了一会儿,在抵达岛上最大城市伊拉克利翁约莫一小时前,不自觉地睁开双眼。看着窗外,正打算喝杯浓缩咖啡提振精神,船只已经抵达烈阳直射的克里特岛。这座坐落于爱琴海南端的岛屿,是爱琴海上艺术活动蓬勃发展的文化中心,也是许多神话故事中的场景。这里是希腊神话中至高无上的天神宙斯的故乡,他曾化身为牛,背着爱人欧罗巴逃亡至此;而神话"伊卡洛斯的坠落"(The Fall of Icarus)最为脍炙人口。伊卡洛斯无视父亲警告,擅自飞向高空后,羽蜡惨遭太阳熔噬,最后坠落而死。自古以来,许多画家皆以此为创作主题,像夏加尔的《伊卡洛斯的坠落》和勃鲁盖尔的《伊卡洛斯坠落风景》等知名作品。此外,这里不仅是希腊大文豪卡赞扎基斯的故乡,也是其小说《希腊左巴》(Zorba the Greek)设定的故事场景,并因而闻名。

我随意挑了辆在港口旁排班的黄色出租车,搭车前往饭店。弥漫古色古香的饭店尽管是一栋得靠手动电梯上下楼的建筑,仍别具风味。随手放下行李,我随即前往狮子广场寻觅早餐。广场中央的狮子喷泉,正喷涌着沁凉的水柱;一大清早,大街小巷满是朝气蓬勃的民众。

我在喷水池旁的露天咖啡座坐下,点了各式各样的餐点。不久,沙拉首先上桌。在希腊,当地人夏天最爱吃的沙拉又称为"乡村沙拉"或"农夫沙拉",一见到它的模样,我立刻知晓个中因由。

刚从田里摘下的新鲜蔬菜——尺寸大得吓人的西红柿和小黄瓜、各式各样的橄榄与洋葱丝,以山羊奶发酵制成的菲达奶酪厚片,洒满清爽的柠檬汁和香气浓郁的橄榄油，组成朴素却丰盛的一道料理。克里特岛是世界闻名的长寿地区，心脏病与癌症发生率尤低，我猜想，这一定和取材自大自然的健康菜单息息相关吧！清新的沙拉、餐前开胃的希腊传统料理镶米西红柿，再搭配酥脆、热腾腾的长棍面包和一杯香味浓郁的咖啡，真是完美的早餐、完美的清晨。

失去方向的同时，也有了随心所欲的自由

填饱肚子后，逛了逛可爱的商店帮助消化，远处的蔚蓝海岸吸引了我的目光。那一片接近藏青色的海洋散发出浓郁的蓝，辉映着阳光，耀眼夺目，甚至让我不由自主发出了惊叹声。映入眼帘的还有伫立海上的"威尼斯碉堡"，这座为了抵挡奥斯曼帝国侵略而建造的碉堡，曾毁于14世纪的地震，之后于16世纪被修复为现今样貌。

我以全身迎着爱琴海的海风，沿着以威尼斯碉堡为起点的防波堤漫步，猛烈的风势却强劲到让人无法继续前行。被强风吓阻的我暂停散步，出发前往卡赞扎基斯的墓园。

卡赞扎基斯被安葬在由威尼斯碉堡城墙围绕的堡垒庭园，原以为它是装饰华丽的高级墓园，想不到是仅设有木头十字架与墓碑的简朴样貌。墓志铭写道："我一无所求，我一无所惧，我是自由的。"旁边就是卡赞扎基斯第二任妻子叶莱妮·萨美的坟墓。或许，他盼望能鸟瞰地中海的故乡，与心爱的妻子一同拥抱永远的自由。

看过卡赞扎基斯，走回饭店经过的街道异常冷清，后来我才知道当时是"午睡时间"。走在不见人影的路上，我一头雾水，没有任何公告、标示，连刚才还满街跑窜的小猫、小狗可能也在午睡，通通消失得无影无踪。就在毫无头绪、彷徨失措时，我在十字路口停下了脚步。当下，我只是个迷路的异乡人。也许有时候，我们会对失去方向感到莫名恐惧或迷惘，但与此同时，我们也拥有了随心所欲前往任何地方的自由。置身陌生环境的我，忽然浮现如此奇妙的感受……

威廉·梅里特·蔡斯 —— 通过旅行实现绘画梦想

不知该何去何从的我，顿时发现了环抱整座克里特岛的艳红阳光，怀旧风韵弥漫四周。面对温暖却空无一人的景象，我仿佛伫立在美国印象派画家威廉·梅里特·蔡斯（1849—1916）所画的《在布鲁克林海军造船厂》（*In Brooklyn Navy Yard*）之中。

画中有名女子，独自漫步在被染红的街道上。她看着突然出现在眼前的十字路口，左顾右盼地想厘清方向。始终不知该走往何方的女子，犹豫地停下脚步。在女子渴望有人能为自己指路的此刻，世界宛如停止

《在布鲁克林海军造船厂》 | 1887年

威廉·梅里特·蔡斯

转动般安静。她看起来已走了很长一段路，神色略显疲惫，其中还夹杂着不知是否能找到正确道路的担忧。现在的她，究竟该往哪儿走?

蔡斯是一位经常旅行的画家，在旅经法国与西班牙时，他曾与多位印象派画家交流，也曾在荷兰投入色调研究。这幅画创作于他自荷兰归来的三年后，通过其中嫣红的阳光色调，成功营造街道的浪漫氛围。随后蔡斯再度前往佛罗伦萨与马德里等地旅游，画下许多风景画作，并在美国举办个人巡回展。每一趟旅途，都让他撷获更多崭新的观点。身为画家，充实了蔡斯的人生，他在有生之年足足完成了两千多幅画作。旅行，让蔡斯领悟到自己真正想做的事，也成为他勇于挑战梦想的垫脚石。

旅行也让我有所体悟。生命出现了再怎么努力都无法圆满成就的事物时，正是选择"放下"某些东西的信号。所谓选择，是决定如何"舍"，而非"得"。甘愿承受坠落的伊卡洛斯，选择了翱翔；摆脱一切枷锁的卡赞扎基斯，选择了永远的自由；离开舒适圈的蔡斯，选择了通过旅行完成梦想。相较于拥有"更多"，我们应该选择的其实是"更想"。如此一来，每当彷徨在数之不尽的十字路口时，这样的想法便能成为扶持脆弱心灵的勇气，帮助你我乐于享受选择。

人生，由选择与责任组合而成。面临选择时，我们总是一再徘徊与烦恼，能够毫不犹豫下决定固然最好，只是我们往往无法果断地择其一而行。虽然所有选择都存在着好与坏，却没有百分百的优势与劣处，因此也不会有百分百的正确选择。

好的选择，并非是选择了正确的选项，而是即使选择了不正确的选项，自己也不会觉得后悔或羞愧，并能从中获得些什么。因此，我们真正该学会的，不是选到正确答案，而是勇于承担随之而来的责任。

坚实的智慧,
是后天锻炼的技能

正如荷兰俗谚所言:

"台风来袭时,有人选择堆叠砖头,有人选择建造风车。"

没有不见危机的人生,重要的是面对危机的智慧。

无与伦比的风车景致,是上帝赠予荷兰的贺礼

人总是容易被舒适所束缚,任谁都想躲在舒适圈里,过着安稳的日子。当意识到自己不再安稳时,我们便会选择离开,上演一场聪明的挣脱。然而,这般缀满惰性的日常生活,终将蚕食鲸吞我们追求提升的欲望,渐渐将生命推向无底深渊。

从飞机上眺望窗外时,我猛然想起法国作家马塞尔·普鲁斯特

（Marcel Proust）的一番话："智慧并非从外接收，而是在谁也无法代为经历的旅途中，自己发掘。"

一大清早，我便出发前往距离阿姆斯特丹13公里处的风车村——赞斯堡（Zaanse Schans）。眼前是一座寂静到让人不忍打扰的村庄，走到村口，可可工厂的香甜气味随即窜进鼻中。蓝天暖阳下，排列着建于17世纪的绿色木屋。经过打理整洁的庭院时，最先走进视线范围的是鸡。头顶红色鸡冠的放养鸡，正吃着饲料，自由自在地走来走去；身形娇小的鸭宝宝穿梭在人群中；天鹅悠哉地徜徉于赞河（Zaan River）。处处是散发清新香气的草地，遍地镶着盛放的花朵，水仙花绽满堤岸，四下弥漫着紫色风信子的清甜气味，让人不禁有种走进小型植物园的感觉。

后方的大风车，以身体迎风，安安静静地转动着。虽然数量比以前少很多，留下来的风车却被保存得很好。以风车为背景的翠绿草地上，可见游戏嬉闹的牛，让我想起了荷兰画家亨德里克·维森布鲁赫（Hendrik Johannes Weissenbruch）所画的《斯希丹附近的风车景致》（Landscape with mill near Schiedam）。

风车，向来是许多画家爱好的主题，例如荷兰的代表画家伦勃朗·范·莱因（Rembrandt van Rijn）曾壮丽地描绘出《风车》（The mill）、《原野上的风车》（Vue panoramique d'une plaine avec un moulin à vent）；出生于荷兰的天才画家凡·高，也画下了许多风车的景致。热爱荷兰的莫奈，曾经造访此处三次之多，他甚至在寄给朋友的信中盛赞：

"这里装着一幅太美丽的画，我手中的色彩，根本无以呈现。"他以《郁金香花田与莱茵堡风车》（*Fields of Tulip with The Rijnsburg Windmill*）描绘荷兰西部萨森海姆（Sassenheim）的郁金香花田景色，该画至今仍是深受喜爱的世界名画。

过去，荷兰的大部分土地都低于海平面，因此饱受洪水与海啸之苦，再加上经常下雨，雨水泛滥成灾的惨况根本是司空见惯。后来，填海造陆、堆建堤防的荷兰人为使海平面的高度维持固定而建造了风车。利用偏西风吹拂转动的风车，起初产出的动力仅能舀水，后来则被广泛利用在磨坊、铁工厂、奶酪工厂等各种家庭手工业与工业。从荷兰人成功战胜自然又不破坏其生态的行事方法，不难看出他们的超凡智慧。一如"上帝创造世界，荷兰人创造荷兰"这句话所言，荷兰无与伦比的景色，就像是他们倾尽难以计数的岁月战胜水患后，上帝所赠予的贺礼。

爱德华·马奈 —— 以旅行为师，在自学中探索蜕变

荷兰人十分喜欢骑自行车，走到哪里都能见到自行车的专用车道。不知是否因制造严谨、质量优良，荷兰的自行车产业深获肯定，也更加促进了当地的自行车文化，处处可见骑车出游的家庭以及享受自行车约会的情侣。

《燕子》 | 1873年

爱德华·马奈

我看着他们悠闲的模样，歇脚小憩片刻。转眼间，一滴、两滴的雨珠滴落到了肩上……排山倒海而来的暗灰，瞬间席卷上一刻仍蔚蓝清澈的天空。风势渐强，大雨骤降。没带伞出门的我，只能乖乖淋雨，然而这如同台风般的强风豪雨，即便有伞，恐怕也无力招架了……眼前景象，恰似马奈的画作《燕子》（Swallows）。

这幅画是被誉为"印象派之父"的爱德华·马奈（1832—1883）描绘台风景象的作品，巧妙运用了Swallow一词分别代表"吞食"与"燕子"的双重含义。西方人认为燕子高飞表示天晴，低飞则会下雨，边叫边低飞则意指会有暴风雨，因此鸣叫的飞燕恰似在通知大家暴风雨即将来袭的消息。

乌云笼罩整片天空，不知是否是感知到天气骤变，牛看起来有些惊慌失措。两名女子在狂风之中无法控制身体，一个踉跄跌坐在草地上，从她们头上快被吹走的帽子即可感受狂风不容小觑的强度。此时此刻，最兴奋的角色当数风车了。风车的叶片像是引颈企盼了许久般，飞速转动着，毫不停歇地转了又转，转了又转。

马奈仅仅画出了自己眼中看到的景象，而非当时所见的一切。这幅画大胆省略了物体形态与光影对比，改为运用多样色彩的笔法，后来随着时间推移，这也成了印象主义的特征。为了有效以阴影强调光线，马奈使用了大量的黑色，一如画中两名女子分别穿着黑衣与白衣的强烈对比，成功营造深具冲击力的视觉效果；借着毫不犹豫的果断笔触，正式替光明向黑暗宣战。眼前伸出手就能触及的乌云，栩栩如生地引领强台风席卷而来。以敏锐笔法巧妙捕捉台风景象的瞬间，马奈不愧为印象派大师。

对马奈而言，旅行就是他的老师。他生于上流社会的富裕家庭，却径自选择了波希米亚式的生活方式。马奈的父亲曾担任法官，一直希望儿子能像自己一样钻研法学，可是马奈却从未放弃成为画家。尽管父亲一再反对，马奈仍选择在十六岁时成为见习船员，跟着航海同伴前往南美洲；报考海军学校落榜后，便改以画家身份跨足画坛。

马奈起初在托马斯·库图尔（Thomas Couture）的工作室学画，后来因抗拒这位学术派的法国历史画家，选择独自研究绘画。崇拜意大利画家提香、乔尔乔涅（Giorgione）和西班牙画家迭戈·委拉斯开兹（Diego Velázquez）的马奈，在卢浮宫里埋首钻研他们的画作，并通过旅行解答研究过程中遇到的疑问。游遍德国、比利时、意大利等欧洲各国的他，在临摹大师巨作的同时，也创造众多属于自己的杰作，尤其1873年在荷兰旅行时，深受荷兰画家弗兰斯·哈尔斯（Frans Hals）影响，《燕子》便是这段旅途的产物，创作于荷兰之行归来后的次年。旅行使马奈的画作得到了蜕变，让他摆脱熟悉的枷锁，勇于探索陌生的事物。

智慧不会随年岁增长，而是要积极陶冶

生命中的危机，往往发生得突然。面对意料之外的剧变，我们免不了慌张恐惧、不知所措……偶尔浮现"时间一久，总会迎刃而解"的念头，殊不知这只是误信自己随着年纪增长也会多长些智能的幻想罢了。智慧，不会随时间递嬗自然而生，而是靠坚持不辍的努力锻炼才得以养成的后天技能。如同过去荷兰人凭借卓越的智慧战胜生存危机，面对人生中的危机，我们同样需要以积极的态度加以因应。

唯有智慧才能终结危机。坚实的智慧，让一切危机无处施展，让掀起内心惊涛骇浪的人生伏兵再也无法造成威胁。正如荷兰俗谚所言："台风来袭时，有人选择堆叠砖头，有人选择建造风车。"没有不见危机的人生，重要的是面对危机的智慧。

真正启程了，
才能找到离开的原因

所谓人生，其实就是我们走向自己的一趟旅程。

无论愿不愿意，我们都早已搭上这辆名为"人生"的长途火车，

真正启程了，才能找到离开的原因，这才是一趟真正属于自己的人生。

列车上的女子，背负着什么样的过去？

雾气格外浓厚的傍晚，我伫立于火车月台，猛然忆起某人的脸庞……伴随发车前的长长汽笛声，火车开始疾驶。我坐在前往罗马的车上，火车不断往前狂奔。是因为天气吗？车轮拼了命转动的轰隆轰隆声，听来令人担忧甚于兴奋。

阴凉的风，渗进微微开启的窗户缝隙，浓雾笼罩全境，仿佛掌握

着世界上所有的秘密。夜幕尚未全然降临，仍能在雾间瞥见丝丝绯红余晖。火车以飞快的速度掠过灰色建筑，隐约透着微光的窗外景色，显得有些萧瑟。这样的夜晚，让我不知为何想起爱德华·霍帕的《二九三号列车C厢》（Compartment C, Car 293）。

　　一名女子独坐在宽敞的两人座，压低的帽檐阴影里，藏着不知该何去何从的空洞神情，显得孤寂不已。以红唇点缀的妆容、干练的装扮，加上几乎没有行李，由此不难推测这是趟未经计划的旅行，而她是一名匆忙出发前往某地的都会女性。女子手中拿着一本书，全神贯注地阅读。她根本听不见火车上的广播内容或其他乘客的交谈声，只顾着与自己对话。经历再多是是非非，也能将它们原封不动地收在心底，静静徜徉书海。此刻，只有书能抚慰女子的心灵。

　　霍帕以冷漠、木然的样态，通过漠视窗外美景与搭乘火车的兴奋情绪、全心沉陷于自己世界的女子，一针见血地描绘现代人孤独的内心。画中女子的孤独，已到了不足为旁人妄自揣测的地步，可谓极度的孤独。孤独，难以言喻，因此选择沉默，而我们只能猜测其沉默的原因。她独自旅行的理由为何？她的表情只是一时倦怠吗？抑或是全然怀疑人生的意义？漫溢孤独感的火车，发散出疏离感强烈的与世隔绝氛围。无力与外界沟通的内心脆弱至极，默默藏起深不见底的悲伤。孤独时分，沉默是唯一的幸存者。

《二九三号列车C厢》 | 1938年 | 45cm×50cm

爱德华·霍帕

火车，是揣想每个人故事的最佳场所

霍帕的画作不见抽象的物体形态，一笔一画写实而清晰，找不到任何模糊之处。然而，画中蕴含的情绪却相当混沌、含糊不清。不得而知的失落感、疏离感，没来由的空虚、慨叹，主导了整幅作品。沉寂笼罩整列火车，处处流泻浮躁的气息。离开城市的女子，显露的仅是紊乱情感的冰山一角，难以凭只字片语定义她的情绪。霍帕笔下再平凡不过的火车景象，却吸引我们凝望许久，那么熟悉，却也那么陌生……

我突然有点儿好奇，在众多交通工具中，霍帕为何选择了火车？他画过许多以火车为背景的作品，例如描绘车内景象的《特等客车》（*Chair Car*）和《火车之夜》（*Night on the El Train*），从车厢内看车外景色的《铁道旁的房屋》（*House by the Railroad*）和《靠近城市》（*Approaching a City*），都是有代表性的同类作品。对霍帕而言，火车是揣想每个人故事的最佳场所，人们可以借此引导出一场与自己的深层对话，以阻隔车外杂音的晃动火车比拟人类与外界隔绝的混乱内心。

火车，是离开与归来的交界点，是经历无数相聚和离别的场所，也是送别过去、迎接未来的空间。《二九三号列车C厢》里的女子，同样离开了某地，正前往另一处。霍帕通过火车告诉我们：人生，就是旅行。

火车究竟疾驰了多久呢？不知不觉间，夜幕早已全然垂坠。黑暗的夜，更衬托了内心的黯然。霍帕画中的她，翻了翻包包，拿出一本书——瑞士作家帕斯卡·梅西耶（*Pascal Mercier*）的小说《里斯本夜车》（*Nachtzug nach Lissabon*）。故事的开端，对一成不变的日常深感厌倦的戈列格里斯，在暴雨倾盆的某夜，拯救了一名身陷险境的女子。就此被一股强大的莫名力量牵引的他，战战兢兢地搭上了前往里斯本的夜车。戈列格里斯之所以会踏上这趟陌生旅程，全因一本旧书中的一段文字："如果我们只能依赖内心的一小部分生活，剩余的该如何处置？"

忽然间，戈列格里斯的行迹闯进了这本旧书的后半部情节。然而，我最好奇的不是戈列格里斯被什么样的内容吸引，或消失的女子究竟去了哪里，而是那一天他不得不突然离开的理由。一直到现在，我好像才稍微弄懂了——小说中提及，戈列格里斯反复阅读着葡萄牙作家普拉多的著作，对戈列格里斯而言，"这本书就像是开启其他文章的钥匙"。

搭上各自的车次，奔向崭新的人生

"存在于我体内的我，就像移动中的火车。我并非自愿搭上火车，而是别无选择，甚至连目的地为何都一无所知……希望火车不要停，永远不要停，千万不要……"霍帕试图通过自己的画作如此陈述，恰如戈列格里斯通过旅行得到领悟一样——所谓人生，其实就是我们走向自己的一趟旅程。无论愿不愿意，我们都早已搭上这辆名为"人生"的长途火车，有时候甚至不清楚目的地，只顾着不停往前疾驶。无论是霍帕画中的女子，还是突然抛弃安稳生活的戈列格里斯，真正启程了，才能找到离开的原因，这才是一趟真正属于自己的人生。

了解他们离开的理由，我才明白自己远行的原因。或许，只有在察觉别人内心的某种想法时，才会发现自己也有同感。我们对自己一无所知的程度，使我们往往得透过别人才能看清自己，进而问一问自己："我现在搭着什么样的火车？正要前往何方？"

彻夜狂奔后的破晓时分，一缕阳光冲破浓雾，映在我的身上。转眼间，晨曦渐明。没过多久，耳边传来"嘎——"的刹车声响，火车缓缓停止，抵达终点站。我站在刺眼阳光直射的月台上环顾四周，眼前是一座规模气派的怀旧车站。

尽管处处沾附着岁月的痕迹，这个车站至今仍一如往昔地坚固，来来往往的人潮也从未间断。隔着车窗缝隙依依不舍道别的恋人、背包比人大的背包客、三三两两聚在一起吃零食的孩子们、手握公文袋穿着利落套装的上班族、边阅读边候车的年轻女子……形形色色的人们，都有各自搭火车的原因。拥有不同理由、不同人生、不同目标的人们，准备创造崭新的故事。

火车站总是弥漫着一股分外轻盈的空气，有人呼喊朝思暮想的名字，有人整装迎接璀璨未来；就连看起来略显寂寞的独行，也隐约闪现细微的兴奋。为了追寻全新热情而离开的人，满怀期待；即便是满心疑问、尚未确定方向的人，看起来也抱有一丝希望。布满漂泊脚印的景象，居然美得如此令人惊艳。不久后，大家纷纷按照站务人员的指示，搭上一班班列车，车轮开始慢慢转动。

　　看着准备离站的火车，我将昨晚数之不尽的疑问一股脑儿抛到车上。见过大风大浪的城市——罗马，是否知道答案呢？人们总说条条大路通罗马，而我正走在属于自己的大道上，通往哪里，并不重要。

人生

——无论如何，日子仍在继续向前

走着走着，我静下心回首人生。转头注视过去，认真、诚实地回顾……

终于，我有了结论：曾以为是浪费时间的一切，其实并非如此。

默默耕耘，
终将迎向美好绽放

没有突然盛开的花，唯有盛开的花突然被发现。

如同在凛冽大地上费尽千辛万苦才蹿出的幼苗，

必须悉心替它浇水，挡风遮雨，佐以日照，它才能盛开出鲜花；

德瑞珀对艺术的无尽热情与锲而不舍的努力，

终究让他的画作迎向迟来的绽放。

普罗旺斯的宁静美好，让众多画家流连忘返

某些回忆，是以气味的形式被记住的。气味勾起潜意识中的完整记忆，有时候甚至比回顾照片更栩栩如生。隐约飘散的清甜可可香，让人重返童年；渗透旧画具袋的颜料味，让人忆起学生时期；闻到擦肩而过的陌生人的香水味，猛然想起旧情人；刚刚晒完太阳的衣物，阵阵柔和、干净的气味让人记起妈妈温暖的怀抱。清新中带点儿土腥味的晨

雨，将我们带回陌生旅程的那时、那地、那段过往，以及一块块被气味唤醒的记忆碎片。

每当走在花香四溢的春天街头，我总会想起那一片被染成雪青色的海洋——南法普罗旺斯的薰衣草田。自古以来，这里便被称为"画家的阳台"，吸引凡·高、毕加索、夏加尔、马蒂斯、雷诺阿、塞尚等举世闻名的画家流连忘返。

雷诺阿曾在蔚蓝海岸作画；1966年前往圣保罗旅行的夏加尔，深深为当地美景所着迷，就此定居了十九年；凡·高待在圣雷米时，完成了《鸢尾花》（*Irises*）、《麦田里的丝柏树》（*Wheat Field with Cypresses*）、《星夜》等超过百幅画作；塞尚为了描绘《圣维克多山》（*Mont Sainte-Victoire*），在艾克斯住了数百日，直到离世前，他仍在普罗旺斯的薰衣草田里作画。

如果无法现在马上前往南法，不妨找个类似的替代方案吧！今天去了趟坡州的普罗旺斯村，聚集出版园区与Heyri艺术村等地的坡州，总让我有各式各样的理由前往造访。

每次踏进这个完整呈现普罗旺斯风情的聚落，总备感平静、温暖；漫步其中，真的会觉得自己正置身法国。一走进入口，迎面而来的彩色蜡笔建筑马上让心情变得明快许多，搭配缤纷的木头长椅，简直是一场视觉飨宴。以温室为主题的玻璃屋庭园，传来阵阵扑鼻清香；莲池里的锦鲤，悠闲地在睡莲周围嬉游。找间小咖啡馆坐下，听着滴滴答答的雨声，享受一杯洋溢花香的花草茶，我想，神仙的生活也不过如此。

有没有一种香味，能够清除心中烦闷

喝完茶，逛了逛充满普罗旺斯特色的手工艺品店，忽然有股不知从何处飘来的清幽花香，引领我移动脚步前往。眼前有一整排贩卖小型盆栽与香草的精致花店，各式专卖香草、精油、入浴剂等香氛商品的店家紧邻而立。我搓揉着鼻子，到处试闻，最后买了一个薰衣草扩香瓶；扩香商品的旁边，还有一些干燥百香花。

各种香气四溢的干燥花中，散发鲜艳紫色光芒的干燥薰衣草率先吸引了我的目光。浓而不俗的颜色、醇而不刺鼻的香气，让薰衣草被誉为"普罗旺斯的太阳"，是深受喜爱的普罗旺斯之花。花开花落，看尽世事，终而化作一丝丝缭绕心头的香气……

"百香花"（potpourri）之名源自"发酵瓶罐"一词，意指"香包"，在混合了花瓣、树叶、果皮等材料成熟后，通过散发出来的味道净化室内空气，维持长时间的清雅香气。古埃及国王的墓室中曾被发现有百香花的痕迹，可见人类使用百香花已有相当悠长的历史。尤其在17世纪至18世纪间，百香花极受欧洲贵族喜爱，也因此成为众多绘画的主题。

英国画家米莱斯以《百香花》描绘母亲与儿子一起撕花瓣的温馨画

《百香花》 | 1897年 | 51cm×68.5cm

赫伯特·詹姆斯·德瑞珀

面；乔治·邓洛普·莱斯里（George Dunlop Leslie）的《百香花》中，可见两名女子悠哉地捣碎花瓣；美国画家埃德温·奥斯汀·艾比（Edwin Austin Abbey）则以《百香花》呈现女子们制作百香花时的欢乐情景；而我最喜欢的作品，是英国新古典主义画家赫伯特·詹姆斯·德瑞珀（Herbert James Draper，1863或1864—1920）的《百香花》，画中描绘一名女子制作百香花的模样，是一幅悲伤与美丽共存的作品。

桌上堆着许多玫瑰，各色花瓣四处散落，浓郁的香气溢满整个房间。手上拈着一朵玫瑰，正将花瓣剥进盆中的女子，姿态既性感又绰约，既悲伤又优雅。虽然主导整幅构图的隐约粉红光线甜美且充满情感，女子的神情却不知为何黯淡、苦涩，惆怅的眼神里满是懊悔与伤痛……或许她在一片一片撕下花瓣的同时，也正在腾空自己紊乱的内心情绪。

若能有像净化室内空气的百香花一样净化人心的芳香剂，那该有多好？比起净化室内空气，清理女子郁闷的心情，似乎才是当务之急。

赫伯特·詹姆斯·德瑞珀 —— 缜密准备，只为淬炼完美

德瑞珀的创作过程相当辛苦，首先要进行非常缜密的事前准备。为了细腻呈现想要描绘的画面，德瑞珀会先做长时间的观察，然后在正式

作画前，画无数次草稿与素描。就像绘制图样或表格一般，先在画好相同间隔的线条上，画出完美的构图与精确的人体比例，从德瑞珀留下来的速写稿中，不难发现他对作品的求好心切。此外，固执的他，始终坚守自己独有的风格，拒绝哗众取宠或顺应流行。精细、写实、几近完美的德瑞珀作品，正是历经诸多艰辛才淬炼而成的结晶。

德瑞珀凭借《大海少女》（*The Sea Maiden*）功成名就后，再以《哀悼伊卡洛斯》（*The Lament for Icarus*）在巴黎世界博览会中一举夺下金牌奖，跃身为世界注目的焦点。然而，由于过分执着于古典主义画风与学院派技法，加上彼时正值现代艺术兴起，德瑞珀的绘画惨遭抨击为不符时代潮流的落伍作品，他也因而渐被世人遗忘。

时至今日，德瑞珀的价值才再度受到重视。不仅他的画重新出现在拍卖会场，20世纪初，收录德瑞珀全数画作的"作品集"（catalogue raisonné）也出版问世。作品集中这段文字赋予他极高的评价："赫伯特·德瑞珀是维多利亚晚期最能够画出优美裸体画的画家之一，在开启崭新时代的此刻，我们必须重新定义被旧时代艺术家的偏见与自以为是彻底贬低的德瑞珀。"

德瑞珀的画，飘散着专属德瑞珀的气味——一股任谁也模仿、追随不了的独有香气。他默默靠着自己的力量，创作出尽管经过漫长岁月洗礼仍保有袭人清香的作品，恰似你我终日与其擦身而过却总也不知其名的野花所特有的清秀。如同在凛冽大地上费尽千辛万苦才蹿出的幼苗，必须悉心替它浇水，挡风遮雨，佐以日照，它才能盛开出鲜花；德瑞珀对艺术的无尽热情与锲而不舍的努力，终究让他的画作迎向迟来的绽放。

没有突然盛开的花，唯有盛开的花突然被发现。日夜渴盼、终于栽出希望的德瑞珀，他的热情与毅力，着实令人动容。

梦我所画，画我所梦，
随心所欲而活

人终究会选择做自己想做的事，

认识自己想认识的人，爱自己不由得想去爱的一切……

在"心"的面前，我们永远如此渺小，而这也是得到快乐的唯一途径。

葬送热情，是那么令人无奈与痛心

我的过去，满是作画的回忆。绘画是我生命中不可或缺的一页，是我唯一的梦想，更是我无法割舍的命中注定。就像英国画家邓肯·格兰特（Duncan Grant）的《室内》（Interior）这幅画中，把水果摆在餐桌上练习描绘静物的女人，万事万物都能成为我的素材；就像安德斯·左恩的《舒华兹姐妹》（The Schwartz Girls）中，在阳光普照的画室绘制石膏像的少女们，每到周末，我便和朋友一起待在画室作画，共度欢乐时光。不分地点、领域，参加过许多美术比赛的我，也像是莫奈在《吉维尼的森林中》（*In the Woods at Giverny*）所描绘的模样。

那时，铅笔是我最好的朋友，画笔是谱写热情的媒介，沉甸甸的画筒是稳如泰山的盟军……那是一段梦我所画、画我所梦的日子……

作画虽然是件幸福、快乐的事，却也曾让我经历刻骨铭心的触动……那是一个周末清晨，跟平常一样，率先到达画室的我，打开画架，开始作画。正准备着手上色之际，某种难以形容的情绪忽然一涌而上，红了我的眼眶……那是一种很奇怪的感觉。从某个瞬间起，突然变成是画在画我，而非我在画画，就像我直接走进了画纸中；只要合上眼，吐口气，就此消失于世间，也无所谓。我体验到了从未有过的怦然、惊讶，强烈体会到某种崭新的情感由此产生。

我体验到了有生以来第一次萌发的陌生情绪。我明白，即使厄运连连、发生任何打乱生活节奏的事，让我无法继续作画，我也会想尽办法紧握画笔，绝不放下……

时光荏苒，眨眼间放下画笔已长达十年。对于追逐梦想，我有心无力，越是抓紧画笔，生活越是颓废。痴心以为单凭着热情就能一直画下去，到头来才惊觉这只是自以为是的贪求。边画画边过日子，和靠画画过日子，是截然不同的两回事；追求梦想，以及放下梦想，显然都不是件容易的事。是我亲手埋葬了梦想，只能频频对着冰冷死去的它感到抱歉。一念之间的抉择，击溃我的人生。越想忘记那一次次的伪善，越是无从摆脱。浓郁的眷恋，渗透身躯；赤裸裸的自卑感，不时啮噬心灵，让我隐隐作痛。

曾经珍而重之的梦想被悄悄抛弃的那天，如今想起仍让我痛心疾首……反复质问自己的那些问题，现在去了哪里？那时热得发烫的空气，如今又飘往何处？失去动力的梦想，成了褪色的回忆；那段炽烈的日子，葬身光阴之中。

《画室》——以画笔挥洒梦想的醉人瞬间

爱尔兰画家约翰·雷威利（John Lavery，1856—1941）有一幅名为《画室》（*In the Studio*）的作品，这幅画带我重返遥远的过去，再次经历那段热情如火的时期。房间正中央，有一名正在作画的女子。她右手握着画笔，左手拿着调色板，仔细凝视画架上的画布，思索着眼前这幅画是否需要再做修饰，是否有不够完善的部分，谨慎地反复端详。

此时，女子心中掠过一道耀眼的闪电，仿佛集聚了所有光芒般，璀璨无比。有生以来，她首次体验如此醉人的瞬间，心脏亢奋得扑通扑通跳个不停，即使不是亲眼所见，也能让人感受到那份激动难耐的心情。

这幅画呈现的色彩效果已是美丽，就构图层面来说，更是极为杰出

《画室》 | 1890年 | 54cm×38.5cm

约翰·雷威利

的作品，尤其空间深度的表现方式，格外抢眼。雷威利善用家中随处可见的对象作为呈现空间感的关键要素。挂在墙上的画框、扇子，以及木头画架的层叠放置，皆细腻地创造出空间的深度，并且利用各自的尺寸与位置，来表现空间的变化。近处的对象，大而清晰；远处的物件，小而模糊，借此突显远近距离。假若关上女子身后的门，改以墙壁阻挡空间，将会即刻产生压迫感，让人觉得狭窄窒碍；因此，画家果断地选择了扩大背景，营造开阔空间与具有立体感的构图。

雷威利擅以利落笔触描绘上流社会女子的日常样貌，在这幅画里，同样可从女人华丽的装扮和高级的室内装潢看出她来自上流阶层。对雷威利而言，他最重视的创作素材是"绘画与女人"，例如弥漫优雅气息的《画室访客》（*A Visitor in the Studio*），细腻刻画身穿黑礼服阅读画集的女子；在《约翰·雷威利画室里的女士们》（*Ladies in Sir John Lavery's Studio*）中，亦可见到两名女子在画室里相处的泰然景象。1904年的一趟创作之旅，让雷威利遇见命中注定的第二任妻子海瑟，两人于1909年结婚，雷威利随即在次年画下了《写生中的雷威利夫人》（*Mrs. Lavery Sketching*）。或许，从事创作的画家们，都是通过描绘在画布上的图画反映自己的真实人生吧？

选择“想做”的事，而非“该做”的事

人生在世，或许也像在一面巨幅画布上作画。系上工作围裙，削一削钝掉的铅笔，理清思路后，摊开净白的画纸；打上草图，再用橡皮擦稍做修饰，底图即宣告完成。按照这份底图，时而果敢增减明暗，时而慎重添附色彩，一笔一画，层层叠叠。虽然这段过程偶尔令人感到疲惫、生厌，却不可能与过去完全相同，总会出现些许变化，促使我们有动力继续向前。

怀抱喜悦的心，默默地、坚定地面对一切，不知不觉间，我们完成了这幅画，即便大功告成的瞬间是如此短暂，虽然作画的速度是那样缓慢，却充实地完成了自己的人生。

无论一个人多有耐心，多擅长于某事，也不可能一直忍受着去做自己不喜欢的事。人终究会选择做自己想做的事，认识自己想认识的人，爱自己不由得想去爱的一切……在“心”的面前，我们永远如此渺小，而这也是得到快乐的唯一途径。不过，需要特别留意的是，所谓随心所欲而活，并非是任意妄为，或者随便扭曲内心真正的想法。

失去心灵的肉体，永远不完整；没有心灵，空有躯体，或是没有躯体，空有心灵，都极为不幸。其实，只要努力实践“坐而言，不如起而行”的简单道理，你我都能变得快乐。让所想与所做一致，让心理与生理一同呼吸，一切不可能都将化为可能。

当有人在我的脚底涂了黏胶，让我无法跨步前进，我便跟随心之所向而行。在那里，我看见了还是孩子的我正在画画……那段以世上最快乐的神情作画的回忆被唤醒了。我终于懂了，如果不想让梦想只是梦想，唯一的方法是：实践。想法或决心，不能改变人生；唯有行动，才能改变人生。不付诸行动，一切只是天马行空、妄想快乐结局的乐观悲剧。

时隔十年，今天的我重新握起了画笔。绕了很远的一段路，我才走到了这里……我坐下来，缓缓移动着手，慢条斯理地堆叠一笔一画，解开一道道曾经充斥内心的无解疑惑。选择自己"想"做的事，而非"该"做的事，尽管会令自己陷入险境，可是相较于没那么开心，由衷的快乐才是我们所应追求的人生道路。

没有一种成功的速度
适合每一个人

成功神话最大的问题在于将焦点摆在速成而非有意义的成功上。
不要焦急，也不要催促或逼迫自己。
这条路，没有所谓的迟到，有的只是多花一点儿时间罢了。
慢慢来，也无妨。

或快或慢，人生的步调各有不同

这个时代，充斥着成功神话。随处可见自我启发的书籍、心灵治
疗的热潮、看似头头是道的口号……然而，如同美国历史学家克里斯托
弗·拉许（Christopher Lasch）所言："没有任何成功恰如其华丽形象。"
被创造出来的成功神话，不过是把大众的理想具体化罢了。

每个人的天赋与专长、际遇皆有不同，可是千篇一律的成功佳话却

从未提及隐藏其中的失败经验与偶然的幸运，只顾着歪曲并美化事实。相较于血淋淋的真相，我们宁可沉醉在表面上有条有理的成功美谈中，以满足自己对遥不可及的飞黄腾达所怀抱的向往，甘心跌进香甜诱人的成功陷阱。那些在成功后重新捏造的故事，无疑已成为阻挠其他人的绊脚石。

成功神话最大的问题在于将焦点摆在速成而非有意义的成功上。找到秘诀、榜样和快捷方式，其实离成功还很遥远，因为关键是过程，而非依循所谓的公式在极短的时间内达成目标。尽管必须耗费大量时间，还是得努力照自己的方式走自己的路。

在艺术的世界里，有一群人亲自证明了做任何事都没有年龄之分，他们从不因上了年纪就放弃梦想，不因时间紧追在后而畏惧或受挫。他们坚信自己的才能，努力朝着与别人不同的方向前行。

被誉为"现代艺术之父"的亨利·卢梭（Henri Rousseau），当了二十二年的海关收税员，在四十九岁改行成为画家。他自步入画坛，直至离世为止，几乎每年发表作品，为绘画倾注毕生热情。原本以法律为职志的野兽派始祖亨利·马蒂斯（Henri Matisse），在律师事务所工作一段时间后，下定迟来的决心，开始提笔作画。透光主义（Luminism）的先驱詹姆斯·奥古斯都·苏伊戴姆（James Augustus Suydam），原本是建筑师与律师，在三十七岁时参加美国国家设计学院主办的展览，正式成为画家。印象派画家保罗·高更也是在三十四岁那年离开证券交易所的工作，转而投身画坛。

有"美国夏加尔"之称的哈利·利柏曼（Harry Lieberman），在退休后的某天听从长者俱乐部里年轻志愿者的鼓励，开始绘制有生以来的第一幅画；而于七十七岁时，以画家身份展开了第二人生。他倾尽全力作画，创造了难以计数的作品，更以一百零一岁高龄举办第二十一场个展，为此生画下最美丽的句点。美国民俗画家摩西奶奶（Grandma Moses）自七十多岁开始作画，八十岁在纽约的画廊举办首次个展，之后又在欧美各地举办展览，活跃于艺术界，直到她一百零一岁辞世前，共计完成一千六百多幅画作。摩西奶奶曾说："七十岁时，我选择开展崭新的人生，然后度过了三十年多彩多姿的生活。只要有热情，永远不会老。"

约翰·阿金森·格林沙 —— 以诗意月景抚慰人心

还有一位大家所熟知的、较晚才开始作画的画家，是19世纪的英国画家约翰·阿金森·格林沙（1836—1893）。格林沙虽然从小即拥有过人的绘画天分，却因父母反对而未走上艺术一途。格林沙的母亲对儿子的画作尤其不以为然，甚至扬言销毁他所有的作品……无可奈何的格林沙，有很长一段时间都只能靠着在英国利兹（Leeds）的画廊欣赏名家作品来满足无法画画的遗憾。

《庞提佛雷特附近的斯泰普顿公园》 | 1877年 | 43.5cm×28cm

约翰·阿金森·格林沙

时光飞逝，格林沙在1861年时选择离开就职的铁路公司，踏上专职画家之路。尽管从未受过正式艺术教育，开始画画的年纪又比别人晚，种种不利的条件却促使格林沙加倍用心投入创作。后来，他凭借着描绘水果、花卉、鸟类等主题，成功创办展览并深受大众喜爱，仅仅十几年的时间，便拥有购入利兹豪宅的经济能力。

大约在年过四十时，格林沙开始喜欢上月色辉映的景致。他在画布上尽情挥洒充满诗意的想象力，专注描绘月光映照下的英国夜景。格林沙走遍利物浦、伦敦、切尔西、利兹等地，将当时因工业革命而急速改变的英国样貌尽收画中。他所体现的月色温柔、神秘，足以诱发心底某种微妙的情绪，唤醒沉睡于内在许久的朦胧感性，其中尤其是《庞提佛雷特附近的斯泰普顿公园》（*Stapleton Park，near Pontefract*）这幅画，勾勒英格兰西约克郡弥漫的金黄秋意，最能细腻地呈现月色遍洒的柔美韵味。

仿佛打开照明开关般的暖黄月光，铺满整幅画面。每踏出一步，便能听见落叶沙沙作响，女子侧耳倾听偶尔掠过的风声，轻巧地走着，走着。不知不觉，月色渐浓，秋色已深。霎时间，原本急着前行的女子停下了脚步，思索这段无从得知尽头的夜路究竟要走多久。担心只身走在无人道路上的她会感到孤单，月亮于是映得路途更加明亮，月色倾泻的暖意，轻抚着女子。一道温暖的光芒流过心底，女子向月亮尽诉烦恼；月亮抚慰她的孤寂，化身贴心倾听的挚友。女子赫然充满了力量，继续勇往直前。有了月光相伴，再艰辛的夜路，也成了迈向幸福的梦想道路。

格林沙画过许多与这幅画构图类似的月景，例如勾勒女子凝望灯火通明房屋样貌的《海丁利小巷，利兹》（*A Lane In Headingley, Leeds*）、刻画母女携手漫步的温馨景象的《月路》（*A Moonlit Lane*），都是他典型的月光风景画。《恋人》（*The Lovers*）这幅画则呈现月光下情侣彼此相拥的模样，凄凉而优美。

尽管曾有人抨击格林沙总是跳脱不出类近主题与大同小异的构图，他却始终抱持不予理会的态度，坚定地走在自己的道路上。最后，格林沙终于画出了独一无二的城市月夜，即使在数百年后的今日，仍享有"月光画家"的美誉，深受世人喜爱。格林沙笔下那令人惊艳的月光美景，或许正是他想赠予的礼物，要送给在各自路途上默默努力的人们……

按照自己的节奏，走自己的路

不是所有人都能坐而成为巨富，也不是所有人都能成为社会名流；不是所有人都能在各自的领域中出类拔萃，也不是所有人都能攀上至高的宝座。然而，无法达成这些目标的人，难道就得宣告人生失败吗？当然不是。梦想的实现样貌互异且多样，成功的定义并非绝对。

无论是格林沙，还是其他不胜枚举的画家，他们之所以能成功，皆归功于用自己的节奏走自己的路。许多人会失败，并不是因为能力不足，而是因为努力不足；有更多的人会失败，并不是因为努力不足，而是因为傻乎乎地选择了千篇一律的努力方式。没有才华，创作不出意境悠远的画；没有努力，创作不出尽善尽美的画；创作一幅与别人相同的画，谁也不会有兴趣欣赏。

不要焦急，也不要催促或逼迫自己。没有一种成功的速度适合每一个人。这条路，没有所谓的迟到，有的只是多花一点儿时间罢了。慢慢来，也无妨。

摆脱完美主义，
对自己宽容一些

唯有驱逐对完美的强迫症，以及对不完美的恐惧，

我们才能真正为自己而活。

不再盲目追求或许根本不存在的完美人生，能让我们变得快乐许多。

我们常在挫折中逃避，否定过往的付出

雪花彻夜纷飞，眼前尽是银白世界。凌晨时分，寂静萦绕着覆满白雪的街道。在莹白的雪路上，我小心迈开步伐，慢慢走着。每踏出一步，便能听见雪地咯吱作响；每跨出一步，便传来悔悟与邪念窸窣回荡的声音。

走着走着，我静下心回首人生。转头注视过去，认真、诚实地回

顾……终于，我有了结论：曾以为是浪费时间的一切，其实并非如此。

人生，总要面临数之不尽的挫折。无论经历过多少次，滋味永远那般苦涩。有些事，尽管竭尽所能，最终仍落得毫无意义的退败收场；有些事，即使搏命争取，结果也只换来泡沫幻影般的无尽失望。遭逢无数挫折，自尊被狠狠踩躏；面对反复上演的失败，深感有心无力。

跌落绝望深渊时，我们总自惭形秽，牢牢被挫折感缠绕，认为自己是失败者的想法，久久无法从脑海中驱逐。如果能将挫折视为东山再起的契机，从中学习成长，当然是好事一桩，我们却经常选择就此畏缩逃避，痛苦一生；完全抹灭过去投注的时间所缔造的价值，一味自怨自艾，抱持甚为消极的态度。

过度追求完美，只是把自己逼入绝境

朋友之中，有个堪称无人能及的完美主义者，无时无刻不为自己定极高的标准，苛求自己达成过分的完美，一心将人生雕塑成无瑕的杰作。她精准地计算一切，随时把所有事物掌握在规划之中，绝不允许有丝毫瑕疵。只要稍有差池，她便立刻变得闷闷不乐；只要发生任何错误，她便陷入无止境的反思，久久无法忘却，始终沮丧郁闷，怨天尤人。虽然已经表现出色，但她仍因不够完美而认为一切毫无意义，只顾着贬抑成果，亲手将自己推入挫败的深渊。万一事情没能完美落幕，她甚至会嫌弃自己是个没用的家伙。相较于渴盼成功，她更像是恐惧失败。

不知道是否因为总强迫自己要比其他人优秀，这位朋友时时都在和别人比较，完全无法容忍自己更为逊色，过度迎合他人的期待与要求，而耗尽自己的时间与能量。平常表现得高尚、宽容的她，一旦被他人不经意地否定时，立刻变得非常神经质；她会想方设法去报复暴露自己弱点的人，借以证明自己的优越或完美。

后来我才知道，她接近病态的处世风格，起源于一段往事。自小被父母抛弃的她，辗转寄居于四散各地的亲戚家，不稳定的成长环境，使她遭受苦难与羞辱，其间不乏有人刻薄地鄙视她，欺侮她。稚嫩的孩子，置身于如此艰辛的逆境，日日夜夜被淹没在求助无门的悲痛与不安的恐惧中。缺乏关爱与重度的被害意识，转化为渴求被认同的欲望，使她萌生了"就是不够完美才被抛弃""只要不完美就得不到爱"的观念，一步步将自己塑造成完美主义者。

这并不只是她的故事。虽然当中存在着些微差异，但你我何尝不是为了追求完美而活。置身于无尽扩张的竞争生态，强迫自己时刻保持完美；为了得到别人的认同与爱，把自己逼进力求完美的死胡同。时而替自己设下难以实现的目标，不择手段只为达成目的；万一失败了，便完全抹杀自己的价值。一味崇尚成王败寇的观念所产生的副作用，已荼毒得这个社会病入膏肓。

《迎向天空》　|　1911年　|　82cm×66cm

罗伯特·刘易斯·里德

《迎向天空》——耀眼的自信，撼动人心

其实，就算在别人眼中不够完美，每件事还是存在着不可抹灭的价值。美国印象派画家罗伯特·刘易斯·里德（Robert Lewis Reid，1862—1929）的《迎向天空》（*Against the Sky*），就让我想起自己开朗快乐的那段时期。

画中攀上山丘的少女，将一望无际的世界尽收眼底。白云飘荡在蔚蓝的天空中，一丝清爽的凉风袭来，冷却了少女额头上的汗珠。做个深长的呼吸，胸内满是新鲜空气。少女单手叉腰，露出一抹浅笑，俯瞰地平线的神情，无比真挚而昂然。她抬头挺胸地凝视远方，仿佛在宣告自己终有一天会征服这片辽阔的世界。耀眼的自信，撼动人心；藏匿于朦胧氛围里的澄澈，无形地诱引我们深陷画中。

里德是个拥有炽热人生的画家，对于与艺术相关的一切，他都显得格外狂热。就读波士顿艺术学院时，他创办了《艺术学子》（*Art Students*）杂志，身为总编辑的里德以不逊于专业评论水平的报道，批判波士顿美术馆的展品，令读者大为惊艳。后来，他前往巴黎留学，不仅获得沙龙展的参展资格，刊登于展览目录上的作品也引起高度关注。

返美之后，里德专注于创作饭店与展览的装饰壁画，卓越的技艺让他横扫各大奖项，从此享誉艺术界。接着他又将创作重心聚焦于描绘女子样貌，"绚丽的印象派"画风深受喜爱，他的许多作品皆诞生于这个

时期。

在此之后，里德举办了首次个展，与自己所打造的"十人画会"共同活跃于画坛；他一手创办了科罗拉多州的布洛德莫艺术学院，并且亲自授课。晚年时，因小儿麻痹症而无法使用右手的他，选择改以左手作画，继续通过各式作品打造自己的艺术世界。离世那一年，里德仍在护士搀扶下出席展览；尽管健康状况急速恶化，也从未浇熄他对艺术的热情。他对艺术倾尽了一切，直到永远合上双眼的那一刻……

对热情的运用方式，将左右人生的质量

热情，是人生最重要的元素。然而，对热情的运用方式，终将左右人生的质量。一旦做出选择，要成为"事事尽求完美的人"或是"事事倾注热情的人"，生命的每一个刹那就会从此产生截然不同的体悟。

有时候，我们需要对自己宽容一点儿。乐于接纳自己的缺点，放下追求完美的执着；不要过度嫌弃自己，接受失败也是人生必经的过程，这才是真正可取的价值观。摆脱完美主义，自在地活出真我。唯有驱逐对完美的强迫症，以及对不完美的恐惧，我们才能真正为自己而活。

不再盲目追求或许根本不存在的完美人生，能让我们变得快乐许多。不需要逼自己非得做到一百分，毕竟，人生不是一场考试。

摘下希望的假面，
直视内心阴暗

"强迫抱持希望"最为恶劣，它甚至剥夺了一个人悲伤的自由。

一生之中，每个人都有过想躲进只有自己的角落，

或唯有把自己封闭起来才能够继续活下去的日子。

这种看似逃避的行为，或许是另一种求生的渴望……

莫名的自尊底线，让我躲进了自己的洞穴

有着极高的自尊，以及自卑的心态，酿成了问题的根源。这种人通常会在"以虚伪的笑容掩盖真实的自己"和"躲进只有自己的洞里"两者中择一而行，而我选择了后者。太过恐惧一切的我，只能躲藏起来，紧锁心扉，逃到谁也找不到我的地方。然而，当我总算抵达终点的避风港，战争却才正式宣告开始。一场与自己永无止境的战争……没有规

则，也没有秩序。

这里只有恐惧，它占据了记忆，骇人地追赶着我，苦苦挖掘被废弃在内心深处的同伴，逼我切实地意识到它的存在。我花了很长时间，拼命想找出恐惧的庐山真面目，却始终只能在它周遭徘徊，一再无功而返。

仔细想想，我根本从未感受过恐惧，而是害怕恐惧的自己。无从得知它究竟想摧毁我体内哪些部分，使它更加膨胀；我转而追赶未知的恐惧，却反而刺激了它，使其无限繁衍。对恐惧的穷追不舍，逐渐耗尽了我自己。然而，相较于把恐惧埋藏在心底，对别人倾诉它的存在才是最难跨越的障碍。有时，恐惧会成为一段关系的包袱，甚至比断绝关系更为可怕。那些难以启齿的恐惧，说穿了，就是莫名其妙的自尊底线。最后我只能独自凄凉地消逝，而我的人生也以令人咋舌的速度萎缩殆尽。

春去秋来，我记不起究竟经过了多少个季节——可能是一段极长的时间，也可能只是一刹那。历经无数艰辛试炼后的某天，解决之道偶然探头。早上起床后，我拉开窗帘，小心翼翼推开阳台窗户，瞥见了不知名的野花盛放。也许是因为阳光和煦的照映，小黄花看起来更显绚丽。左右端详了好一阵子，我悄悄走回房间，翻了翻桌上的月历，原来已是五月，春天来了。我这才结束藏匿，离开了洞穴。

《被囚禁的春天》 | 1911年 | 92.0cm×71.5cm

阿瑟·赫克

《被囚禁的春天》—— 想要走向阳光，却移动不了脚步

每当忆起那段时光，我便会想到19世纪英国画家阿瑟·赫克（Arthur Hacker，1858—1919）的《被囚禁的春天》（*Imprisoned Spring*）。这幅巧妙运用户外自然光线描绘而成的外光派（Pleinairism）肖像画，是赫克晚期的作品。

阳光投射而进的窗边，站着一名女子。腰际围着围裙、正在整理餐桌的她，忽然定格。屋内满是从窗外透入的阳光，氛围却莫名地郁闷、酸涩，甚至连猛烈的阳光都那样具有破坏性。女子身边的一切都在阳光环抱之下盎然跃动，唯有她，像是被阳光囚禁般，动也不动。她左手紧紧握拳，右手牢牢抓住餐桌，轻倚在僻静屋内一隅，显得楚楚可怜。桌上摆着残留部分餐点的白色餐盘，略显干瘪的半边梨子斜倚着桌面，加上随意放置的刀叉，无一不在隐喻女子心声。

女子的神态，耐人寻味。注视窗外的脸庞，流露出五味杂陈的情绪；紧闭的双唇干涩无语，僵硬的表情十分漠然。凝望世界的眼神，衔着无止境的嗔恨；仿佛下一秒就会潸然泪下的偌大双眸，流溢着无尽伤悲。

身躯藏于阴影之中的女子，视线却朝着阳光。尽管被囚禁在只有自己的无边黑暗中，悲观得再也无法向外跨出一步，仍哀切地嘶吼着："有没有人能把我从这里救出去？"渴望着即刻奔向灿烂艳阳，却又寸步难行。一如停滞的时间，女子的心也被囚禁于此。

春天，什么时候会莅临女子的内心呢？"幸好她的眼神还留着渴盼人生的热情。"这样的念头，或许只是我一厢情愿的私心……

有时候，安慰只是我们求心安的残忍行径

被接连不断的狂风暴雨困得动弹不得，好不容易找到栖身的洞穴；无从得知明天大雨是否停歇，还要求躲在洞里的人离开，显然安抚不了他们慌乱的心，这不过是你我都心知肚明的虚伪安慰罢了。

有时候，所谓安慰，只是我们求心安的残忍行径。劝诫试图自杀的人"拿出必死的勇气好好活下去"，或是要求失去子女的父母"好好振作起来过日子"，我们总是若无其事地说出种种无礼安慰和自以为是的忠告，误以为自己有能力搀扶别人，其实只是在别人的伤口上撒盐。

我想，真正的安慰，不是替对方擦眼泪，而是陪他一起哭；不要通过安慰他人来让自己好过，而要以同理心，陪伴对方度过煎熬的日子。

所有的强迫都是一种暴力行为，其中尤以"强迫抱持希望"最为恶劣，它甚至剥夺了一个人悲伤的自由。如同出生于爱尔兰的作家奥斯卡·王尔德（Oscar Wilde）所言："充满希望的思考方式，最终皆藏着骇人的恐怖。"担心自己活不下去，或许才是人们歌颂希望的真正原因。

为了生存，你我用各式各样的歪理掩藏内心的懦弱；一味地拥抱

希望，只会迎来更加残酷的日子。我们偶尔想靠无谓的希望填补内心的空虚，但这从头到尾都是不可能发生的事。希望不仅不值得相信，而且还反复上演背叛我们而去的戏码。抵押给希望的人生，无疑只会沦为不幸；唯有不再把希望神格化，才能真正拥有希望。

我不打算再抱持着自欺欺人的希望；与其这么做，倒不如摘下希望的假面，侧耳倾听自己内心的阴暗……一念之间，我的人生就此出现了重大的转折点。

绝望倾盆后，迎来的希望才平稳而实在

停止空转人生的那一刻起，我才真正贴近了自己。置身与世隔绝的时空中，面对深不可测的内心世界，察觉聆听心底沉默的价值。经过了好长一段时间，我总算从一片混沌中抽身……虽然那是一段极为痛苦的时期，我却能借此发现希望的真面目，进而将黑暗转换为光明。这道光，迄今仍未熄灭，长存于我心深处。

能将内心阴暗化为光芒的人，心底都潺潺流着安稳的平静。如同大雨停歇后，世界漫溢着静谧，绝望倾盆后，迎来的希望才平稳而实在。切实感受恐惧之后，我不再沉溺其中。

曾经躲在自己洞里的人，都懂那种想出去却出不去，任谁也拯救不

了自己的感觉。一生之中，每个人都有过想躲进只有自己的角落，或唯有把自己封闭起来才能够继续活下去的日子。这种看似逃避的行为，或许是另一种求生的渴望；对于选择一步一步走出洞穴而非速速离开的人来说，真正需要的是静待靠自己走出去的那一天到来。

一再拖延，其实不是因为懒惰，而是因为恐惧。面对恐惧需要时间，静静地盼望，盼望不要太孤单、不要太悲伤、不要太痛苦、不要走到太深之处，就此停在有人能找到自己的地方……伸手不见五指的洞穴中，唯一能驱逐黑暗的，终究还是一丝微光。

尽管如此，
仍要热烈地燃烧生命

卡洛一生遭受的肉体、精神折磨，皆在她的画作中展露无遗，

耐人寻味的是，有更多的人透过卡洛的画作看见了希望，而非绝望。

这些画分明活生生呈现了她苦不堪言的经历，

却反而突显人类的意志力有多么强大。

祸不单行的日子，身心皆伤痕累累

屋漏偏逢连夜雨，所谓祸不单行，不幸往往接踵而来。各式各样的倒霉事就像接力般，一棒接着一棒找上我。原本不该如此煎熬，偏偏一切都变得折磨不堪的那年，我不过才二十三岁。某天，我甚至瘫坐在地，大喊着："够了吧！"那时的我，太年轻，太脆弱，太无依……事实上，当时也的确没什么能靠"人力"改变的事，唯有企盼着时间快点儿

过去，一天熬过一天……

饱受噩梦缠身之苦的某个清晨，被妈妈一声"起床！"吓得睁开双眼，清醒的瞬间，我不禁松了口气。手边有个不知是被汗水还是泪水浸湿的枕头，两颊仍留着微微被风干的泪痕。

好不容易拖着沉重的身躯坐到餐桌边，举起千斤重的筷子，夹了块炒鱼丸放进嘴里，除了软烂的口感，没有任何味道。我心想："可能是还没睡醒吧？"于是起身刷牙，刷到一半才惊觉口水从嘴里哗啦啦流了出来……"到底怎么了？"我开始感到极度不安……

匆忙赶往离家一小时车程的大医院，经医生确诊为"颜面神经麻痹"，除此之外，没有一样是明确的。听到医生说出无从得知病因以及是否能够根治，我的眼前一片漆黑。

到药店领了数量惊人的药包，再度驱车返家。来到路口，我盯着绿灯，车子才在停止线多停了三秒吧，我的身体便伴随砰的一声巨响腾空飞起，头、胸接连撞上了方向盘——我出车祸了。过了一会儿，我听见车旁的围观群众发出如蝉鸣般的嗡嗡声响。

好不容易回过神，想起以往看过"这种情况继续待在车里会更危险"的报道，不知是因为冬天的寒意还是内心的害怕，全身上下瑟瑟发抖……过了一阵子，我抵达医院。上午才为颜面神经麻痹而来，下午居然又因车祸被送了过来。照完X光后，我莫名其妙地笑了，医生问我为什么笑，我只能说："因为哭不出来。"

经过数个月的集中治疗，虽然身体完全康复，但因颜面神经麻痹产生的人群恐惧症和车祸创伤后压力症候群苦苦折磨了我好长一段日子，我就像弗里达·卡洛一样，身心皆伤痕累累。

弗里达·卡洛 —— 对苦难人生展现强悍意志

弗里达·卡洛（1907—1954）是将肉体与精神磨难升华为艺术的墨西哥画家。卡洛家境贫寒，母亲饱受抑郁症困扰。只能在奶妈照料下成长的她，六岁时罹患小儿麻痹症，十八岁时因车祸导致脊椎、双脚、子宫严重受损，一生动过三十余次手术才得以存活。后来，她又因天生骨盆畸形，经历三次流产后得知自己再也无法生育，承受了天崩地裂般的伤痛。不久后，卡洛罹患了会导致肌肉组织腐烂的坏疽病，必须接受脚趾截肢手术；还曾于骨髓移植时被细菌感染，来回进行数次手术。最终，她仍旧因每况愈下的健康状态不得不在晚年将右脚截肢。终其一生，卡洛几乎未曾度过没有病痛的日子，反复遭逢各种意外与不幸，面临难以想象的极致痛苦。

折磨她的，不只是肉体层面的伤痛。深信艺术创意源自与女人交往的墨西哥画家，同时也是卡洛的丈夫——迭戈·里维拉（Diego Rivera），其风流成性与糜烂的私生活，一再激怒卡洛；不知检点的里维拉甚至染指卡洛的亲妹妹，使卡洛深受打击，经历漫长的迷惘与煎熬。尽管如此，始终执着于爱的卡洛，还是与里维拉分分合合了好几次。

对卡洛而言，里维拉是无法用任何言语定义的存在，他是她唯一的爱，也是唯一的恨；是她终生的伴侣，也是永远无法同行的仇敌。里维拉为卡洛带来无尽快乐，也带来剧烈苦痛；在赋予她极大希望的刹那，又将她推入绝望的炼狱。

卡洛一生遭受的肉体、精神折磨，皆在她的画作中展露无遗，创作于1944年的《破碎的脊柱》（*The Broken Column*）即为代表作之一。经历种种意外、接受了数次脊椎手术的她，以"破碎"形容自己的痛楚，如实描绘出对生命的悲观态度。

粗大的铁柱贯穿身体中央，加上束缚全身的矫正器，让画中主角看起来连呼吸都显得困难。每一次呼吸，孱弱的身体只能发出微微的喘息声。从大大的双眼中坠落的泪水，以及饱受磨难的痛苦呻吟，在在让置身绘画之外的观看者感同身受。钉满全身的无数铁钉，搭配荒芜、干涸的背景，毫无保留地呈现卡洛的内心世界；从那双深邃、哀戚的眼眸，不难窥见她伤痕累累的经历。

卡洛的一生，是难以言喻的苦难历程，远超过一个女人纤弱的身躯所能承受的。然而，绘画却成了她支撑下来的动力。对卡洛而言，唯一能自由运用的身体部位只有双臂，因此躺卧病榻时，她不断作画，这也是她唯一能做的事。卡洛仔细观察镜中反射的自己，画下了自画像，

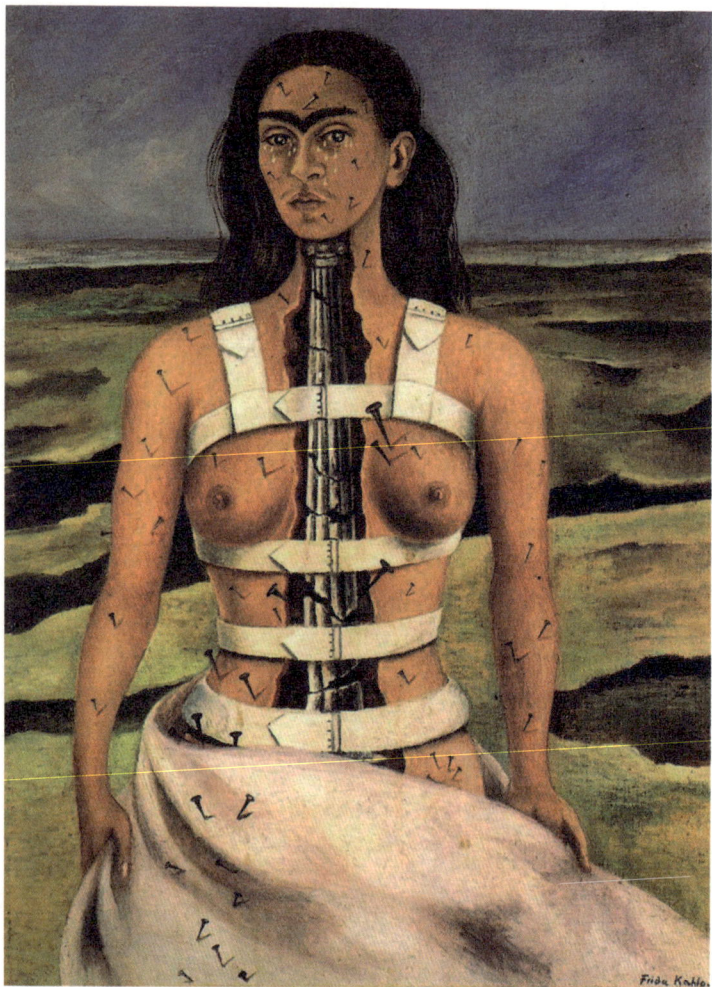

《破碎的脊柱》 | 1944年 | 30.5cm × 40cm

弗里达·卡洛

她曾说："我画自画像，是因为我常独处，也因为我是自己最了解的主题。"由此足见卡洛悲痛的内在世界。

耐人寻味的是，有更多的人透过卡洛的画作看见了希望，而非绝望。这些画分明活生生呈现了她苦不堪言的经历，却反而突显人类的意志力有多么强大。虽然惨遭磨难，卡洛却始终未曾放下画笔，她的坚强意志，为许多人带来一丝希望。

我记得从前曾看过以海登·贺蕾拉（Hayden Herrera）所著的卡洛传记改编而成的电影《弗里达》（Frida）。只是旁观都让人觉得痛不欲生的卡洛一生，让我从头到尾紧锁眉头，甚至在电影结束后，还失神地盯着片尾的工作人员感谢名单。饰演卡洛的墨西哥演员莎玛·海耶克（Salma Hayek），曾经在电影拍摄完成后说道："弗里达·卡洛带给我最大的改变，是拥有当下的平静。虽然我看起来热情洋溢，但这份热情原先曾分散与贫瘠，现在之所以变得强烈，乃是源自内心的实在与平静。"说来或许有些讽刺，但我们确实通过弗里达·卡洛战乱般的人生，学会了感恩，并且看到了蕴含其中的热情与希望。

晚年时，已经无法坐起的卡洛曾拖着恶病缠身的躯体出席一场展览，那是她第一场也是最后一场个展。她以躺卧的姿态，与前来参观的人们谈笑风生。次年，卡洛便以满身疮痍的人生作为谢幕的背景，与世长辞。死前，她留下这段遗言："但愿离去是幸，但愿永不归来。"

对卡洛来说，死亡是根治人生无尽苦痛的良方。尽管生命狠狠地冲撞，让她跌落深不见底的孤独深渊，她却通过绘画，风化了悲伤，用尽力气与方法，热烈地活过一趟精彩人生。

我们也应当经常抱持"尽管如此"的处世智慧——尽管如此，仍会再度产生勇气；尽管如此，仍能再度怀抱希望。恰似灵魂裂了缝，身体如一道残破不堪的铁路，却始终对生命拥有强悍意志，且不断传递希望的女子——弗里达·卡洛。

放下我见，
认识真正的自己

"透过没有偏见与我见的清澈双眼，

看看自己的脸庞，才能看清真正的自己。"

不断以真挚的爱深刻地凝视自己，只为遇见那个不假修饰的我。

偶然瞥见镜中的我，竟是如此陌生

经过那一段时期，我领悟了三件事：不要过度期待、不要轻易相信、不要随便崇拜。如果要以一个词为我的"二字头"人生作结，我会选择——"彷徨"。即便现在回头审视，也觉得当时的自己可谓目空一切。

之所以彷徨、找不到出口，是因为"我见"。世界充满完全无法理解的荒谬，自己所理解的，却不存在于这个世界；锲而不舍地想要探找某样东西却遍寻不着，偶尔居然还佯装自己有所斩获；不想输给世界，更不想承认自己败下阵来；需要时间安抚血气方刚的自己，却又想时间快点儿过去，给自己一个交代。明明是只有我一个人的时空，却又迷失于其中找不到自己。

后青春期的某一天，不经意看了看镜子，我已经好久没有看过自己的眼睛了……那个模样，好可怕。那张脸，爬满了自怨自艾与凌乱不堪，我不为人知的阴暗面，比想象中更为厚实、浓重。紧盯着镜中的自己很长一段时间，我却始终不明白：为什么脸上的表情和想象中的模样有着那么大的差异？

我用失去灵魂的双眸，端详自己；用悲戚的眼光，摸索着陌生的自己。我到底拼了命在追寻什么？镜中的我，就像美国印象派画家威廉·梅里特·蔡斯的画作《镜子》（*The Mirror*）中的女子。

照着镜子的女人，你们想诉说些什么？

身穿黑色和服的女子，注视着镜子，但镜中所反射的脸庞却十分模糊。雾蒙蒙的脸，笼罩着迷茫的失落感；泄气的松垮肩膀，乘载着原始的孤寂。素雅的神情，成熟却悲壮；整齐的装扮，端庄却沉重。藏身于庄重外表下的她，真面目究竟为何？女子心底深埋的悲伤，悄然无声，恰如紧闭的双唇、牢牢锁住的心扉，丝毫不见能被开启的迹象。

忽然，女子抛出了一个终极问题：我是谁？我是什么样的人？正因不知道自己的真正面貌，内心才会如此紊乱、难以理解。女子凝望自己，微弱地颤抖着，渴望找回失去的自我。

然而，试着移开焦点，重新审视这幅画，便赫然发现镜中女子身后满是绚烂阳光与金黄色波纹。时刻变幻的缤纷色彩，佐以璀璨的金黄色飨宴，漫溢感性的温煦气息，光彩夺目地环抱女子。焕然一新的跃动，预告着生命的希望正渐渐走到女子身边。

有坏事，自然就有好事；有悲伤的事，当然也就有快乐的事，这是亘古不变的生命定律。虽然现在的模样如此混沌、黑暗，但挺身坐着的她，早已酝酿着强大的能量。女子只要回首看看自己的身后，便能察觉世界已然散发出绚烂光辉。

这幅画创作于1900年，是蔡斯以镜子为题的系列作之一。蔡斯留下的作品中，有许多都描绘"照镜子的女人"，例如1883年的《镜子》（*The Mirror*），画中有一名身穿粉红礼服的女子站在镜前整理头发；1893年的《反射》（*Reflection*），描绘一名坐在椅上的女子凝望着被窗帘遮盖的镜子；《镜前的年轻女子》（*Young Woman Before a Mirror*）则刻画女子在漫溢红光的屋内照着镜子，华丽而庄严。而投映于镜内的脸庞，大多阴暗且模糊，这是此系列最为醒目的特色。

《镜子》　|　1990年　|　91.4cm×73.7cm

威廉·梅里特·蔡斯

暗淡、模糊的镜像，恰如人类扑朔迷离的内心

镜子不仅是反射对象形象的道具，也具有显露人心的暗示作用，因此自古以来即被用于投射自我意识。蔡斯即通过镜中女子暗淡、模糊的脸部映象，表达人类复杂、微妙、扑朔迷离的内心世界。

蔡斯所呈现的镜像，将人类的心理样貌加以具体化。是镜子投映了我，抑或是镜子那端存在着另一个我？镜子原原本本呈现了连自己都未曾知晓的自己，不仅令人惊叹于镜中不可思议的实体形象，同时也传达了某种未知的恐惧。因此，照镜子成了一种让人又爱又怕，却又得以探索自我的过程。

在蔡斯的画作中，"日本元素"的重要性与镜子不相上下。曾游历过法国、意大利、西班牙等欧陆各地的蔡斯，深受当时画家们醉心的日本艺术风格——"日本主义"（Japonism）所影响。不知是否基于这个缘故，坐在日本屏风前的女子、欣赏日本插画的女子、穿着日本传统和服的女子等，都经常在蔡斯的画作里现身，而《镜子》这幅画同样巧妙刻画了女子身着和服的异国情调。由此不难窥见，19世纪的美国画家是如何将眼中迷人的东洋神秘风情融入西洋文化之中。

绘画，足以激发跨越时空的共鸣。熬过时间洪流，战胜空间局限，因而永恒流传的绘画，广受后世爱戴。蔡斯的画作，通过古今皆同的人类心理，试图不断抛出问题和现代人对话，经由与你我的沟通，让世人

理解并接受他的作品。

安静、专注地看画，并借此启动透析他人与自己内心层面的能力。通过"镜子"这个媒介让我们重新凝视自己的蔡斯画作，也因此而显得独树一帜。

认识真我，启发好好爱自己的能力

我仔细回想，懂得爱自己，似乎只是不久之前的事。我花了很长一段时间，冥想般静静注视自己，像作画一样，仔细地观察自己。时间不断流转，那颗混浊不清的烦躁之心，慢慢变得澄澈。

荷裔美籍艺术家弗雷德里克·弗朗克（Frederick Franck）曾在其著作《以眼观禅》（*The Zen of Seeing: Seeing Drawing as Meditation*）中提及："透过没有偏见与我见的清澈双眼，看看自己的脸庞，才能看清真正的自己。"不断以真挚的爱深刻地凝视自己，只为遇见那个不假修饰的我。

回想过去的我，那个老是不支持自己、处处为难自己的我，锐利却软弱，逼得自己痛苦不堪。那虽然是一段极为愚蠢且漫长的日子，却也让我找到了自己。有了不再因感情用事而饱受煎熬的领悟，成为认识真我的契机，启发我好好爱自己的能力。我学会了不再逼迫自己，可以随兴地放松，适时地任性一下，最重要的是，百分百允许我做自己。就这样，我好像才变回了我……能够认识自己，真好！

生命本就有限，
更要尽力而为

我们不妨仔细思索：死亡对自己的人生而言，究竟蕴藏什么样的意义？
借此回顾过往一切，将死亡视为重新检视人生的大好机会。
好好珍惜"借来的"时间，尽力而为直到生命的最后一刻……

凝视死亡，是一份深沉的生命功课

充满离别的一周。一人喜丧，一人因意外离开世间。大部分的死
亡，都来得突然，鲜少有提前预告的状况。收到死讯时的悲恸、确认死
亡时的虚脱、在丧礼签到簿上签名时的茫然、面对死者家属时的哀伤、
独留人世时的思念……经历这些情绪起伏后，油然而生的念头是：总有
一天，我也会死。

那阵子与朋友们的谈话，都不免提及：我们永远不知自己何时会离开这个世界，所以更应该好好珍惜每一天。亲手送别自己的挚爱，往往痛得让人难以承受。人生在世，或许就是为了在某个人心上多留下些什么吧。讽刺的是，为死者举办的丧礼仪式，反倒对留在世上的人产生慰藉，虽然表面上是祈愿死者安息，向死者道别，实际上却更像是抚慰生者的过程——将大家集聚一堂，哀悼某人的死亡，彼此扶持，慢慢克服悲恸。看着别人遭遇突如其来的死亡，顿悟自己还好好活着的今天有多么珍贵，进而坚定决心，把握当下。或许，这正是死者留给生者的最后一道讯息。

死亡，是众多画家历来钟爱的主题。他们不将画笔停滞于单纯的死亡，而是时而体现对未知世界的恐惧，时而借此缓和内心的不安，时而将其用于告别自己的挚爱……以各式各样的方式，透视死亡。

瑞士象征主义画家阿诺德·伯克林（Arnold Böcklin）笔下的《死之岛》（Isle of the Dead）中，黑色柏树矗立于高耸入云的岛屿，一艘小船现身，倍添画中难以言喻的诡异氛围；俄罗斯写实主义画家尼古拉·雅罗申柯（Nikolai Yaroshenko）的《第一个孩子的葬礼》（The Funeral of the Firstborn），以哀伤的蓝色调，描绘一对失魂落魄的父母在冰天雪地中抱着孩子的棺木，准备前往埋葬；法国印象派画家马奈以《自杀》（Le Suicidé）画出一名朝自己胸口开枪的男子倒卧于浸满鲜血的床铺，这是马奈描绘自己模样的作品，亦即通过想象中的死亡，解放自我的形而上概念。

瑞士象征主义画家费迪南德·霍德勒仔细观察妻子濒死的模样，并将这段过程画成一系列的作品。绘于1914年的《病妻》（*Valentine Godé-Darel on Her Sickbed*），以完成第二次手术后躺卧于病榻的妻子为主题；次年，他再通过《虚脱》（*The Ailing Valentine Godé-Darel*）的激烈笔触，描绘厌倦与病魔缠斗的妻子；在《挣扎》（*The Agony*）中，他将妻子在死亡前一天张嘴呼吸最后一口气的模样收进画布。最后，这一系列作品以《亡妻的最后一幅画》（*The Last Painting of the Dead Valentine*）作为总结，留下妻子长眠的样貌。对霍德勒而言，这些画作记录着他与妻子共同面对病痛的过程，也是他告别挚爱的方式。

古斯塔夫·克里姆特 —— 温柔、有力地阐释生死议题

来自奥地利的古斯塔夫·克里姆特（Gustav Klimt，1862—1918），则是另一名将关注聚焦于死亡的画家。有人称克里姆特是"印象派画家""分离派画家""金黄色的情欲画家"等，但我更想称呼擅以生死为创作主题的他为"生命画家"。

死亡，一向是克里姆特首选的创作题材。克里姆特出生于贫穷却手足众多的家庭，就在全家和乐生活的某天，弟弟恩斯特骤然离世，对他

造成极大打击。弟弟的死亡，导致克里姆特陷入混乱的精神状态，饱受折磨，甚至无法再度提笔作画。自此休养约三年时间的他，开始深刻思索人类的生死，进而拓展自己的思考模式。

克里姆特创作过许多以生死为主题的画作，《希望一》（Hope Ⅰ）阐释面对不可抗力的死亡时，新生命的诞生是唯一能与之抗衡的方法；《希望二》（Hope Ⅱ）将骨骸绘于孕妇手肘边，用于表现生老病死为人类的必经阶段；在《生命之树》（The Tree of Life）中，则通过律动感十足的树枝变化，象征不断转动的生死轮轴，恰如轮回的概念。而《死与生》（Death and Life）尤为其中的代表作。

创作这幅画的当时，欧洲世界正陷入世纪末厌世主义的狂热中。西西里大地震带走超过十万条人命，被认为是不祥预兆的哈雷彗星出现等，在在引起社会恐慌；不久后，举世闻名的豪华邮轮泰坦尼克号意外沉没，造成一千五百多人丧命。面对接二连三的天灾人祸，有感而发的克里姆特，于是将自己对死亡的观点投注在《死与生》这幅作品中。

画中可见象征死亡的骷髅头，以及代表神的大大小小的十字架。以骷髅头形象现身的死神，嘴角扬起一抹微笑，虎视眈眈地觊觎着生命的缝隙。与死神正面相对的一群人，不分性别、年纪、人种，融为一体，紧紧相依，丝毫不打算腾出任何空隙。其中除了有双手合十祈祷的老婆婆、埋首巩固中心的男子、双眼闪闪发亮的少女，最上方还有一名紧抱孩子的母亲，以及她怀中酣睡的小男孩。

《生与死》 | 1910年 | 178cm×198cm

古斯塔夫·克里姆特

克里姆特以一体的形态呈现生命的样貌，彰显人类最终需要的，仍然是名为"人类"的生命体，以传达没有人可以离群索居，势必得相互扶持的不朽真理。刹那间，饱受死亡威胁的脆弱生命，转而生出强而有力的生存意志。克里姆特将画作命名为《死与生》，而非《生与死》，即为强调"死而后生，生而后死"的生命循环，而非"有生必有死"的结果论。一体两面且具突破性的生死观，点醒世人勿单纯将死亡视为绝望，或只是将生命视为希望。

完成这幅画数年后的某一个冬日，克里姆特便因急性脑出血悄然离世。当时，他一辈子的挚爱埃米莉·芙洛格也陪伴左右，想必克里姆特应该死而无憾了……虽然克里姆特已不在我们身边，他留下的画作，却温柔有力地让世人了解，死后的彼岸究竟为何。

你我该恐惧的不是死亡，而是死亡般的人生

每一天，我们都距离死亡更近一步。诞生的那一刻，即是迈向死亡的起点；死亡，无疑是所有人类的终点站。有时，我们会因为害怕而逃避、拒绝面对死亡，然而，接受生命的有限、接纳死亡是人生必经的过程，必定能消除原先对死亡的恐惧。

你我真正该恐惧的不是死亡，而是死亡般的人生。死亡代表的并非是悲伤或可怕，我们不妨仔细思索：死亡对自己的人生而言，究竟蕴藏什么样的意义？借此回顾过往一切，将死亡视为重新检视人生的大好机会。好好珍惜"借来的"时间，尽力而为直到生命的最后一刻，对终将面对死亡的你我而言，这或许就是最好的礼物。

以死亡为前提的人生，才能永葆璀璨光彩。

做自己的主人，
拥有独立的灵魂

别为随波逐流失去本心。本来无一物，盲从世界运转，终将一事无成。没有任何事情比从自己身上找到自己更重要。我们都需要扪心自问：我是否选择了真正想要的人生？我是不是自己人生的主人？

不依照自己的想法生活，最终只会被生活改变想法

几年前，短暂停留在捷克布拉格时，我曾接受一个当地家庭接待。接待家庭的主人是一位经营小糖果铺的老奶奶，三年前才道别丈夫的她，独自度过余生。她的家中满是精致可爱的装饰品与黏附岁月痕迹的旧家具。各式各样的手作小物，让整个家洋溢着浓浓的人情味。

当时，我和老奶奶坐在客厅沙发上，一起享用香气四溢的红茶，天

南地北聊了很久。突然，老奶奶说道："我的人生就是一场梦，做了一辈子的梦，忽然就结束了……我希望你能活在现实里，随自己所想，从自己所欲，真真正正地活一场。"我永远难以忘记，她说这番话时的语气……

大多数的人，都不是随心所欲地生活，而是过一天算一天。这虽然是一种不幸，但也是自己选择了熟悉的舒适圈。一如法国诗人保罗·瓦莱里（Paul Valéry）所言："如果不依照自己的想法生活，最终只会被生活改变想法。"如此看来，我们的确应该学会随心所欲而活。

这里就有一个认真活出自我的例子：法国画家苏珊娜·瓦拉东（Suzanne Valadon，1865—1938）。身为洗衣妇私生女的她，在贫寒家庭中成长，从小做过裁缝、清洁工人、洗衣妇、马戏团团员等工作，靠双手自食其力。后来，瓦拉东被法国壁画家皮埃尔·夏凡纳相中，跃身成为模特儿，自此成为雷诺阿、劳特累克、德加等当时名家的画中主角。

然而，萌生创作念头的她，不甘只被当成画中的模特儿，开始偷偷学习作画，自学技法，进而创造属于自己的画风。后来，劳特累克发觉瓦拉东有绘画天赋，鼓励她成为专职画家；德加知情后，也全力为瓦拉东提供物质与精神上的双重协助。

直到儿子出生那年，瓦拉东才正式开始作画。尽管当时女性画家多以绘制静物画与风景画为主，唯有男性画家能够绘制人物画，瓦拉东却力排众议，也像某些男性画家一样，选择裸女为创作主题。

苏珊·瓦拉东 ——"暴风的女儿"，活出自我本色

相较于男性的唯美视线，以女性的观点描绘女性裸体，更能如实呈现女性体态。现身瓦拉东画中的女性，拥有不落窠臼的自然美，而非加以修饰的典型美。在《亚当与夏娃》（*Adam and Eve*）中，可见一丝不挂的男女摘采树上的苹果，该画以大胆的构图呈现两人自在相处的模样；《蓝色房间》（*The Blue Room*）则以强烈的笔触和缤纷色彩，勾勒出面无表情叼着烟、躺在床上的女子姿态。

瓦拉东创作于1917年的《女人画像》（*Portrait of a Woman*），更是坦率地描绘自己产后臃肿的身体，借以强调女性的躯体仅是躯体，与性欲毫无关联。相较于呈现女性的美好，瓦拉东更希望通过弥漫强烈自我意识的绘画，强调自己的画家身份。

由此也不免让人想比较，男性画家笔下的瓦拉东与她自画像中的形象，两者究竟存在何等差异。雷诺阿通过《城市之舞》（*Dance in the City*），将她刻画成惹人怜爱的清纯女子；在德加的《浴盆中的女人》（*Woman in the Tub*）中，她是略带羞涩的神秘女子；在劳特累克的《苏珊·瓦拉东肖像画》（*Portrait de Suzanne Valadon*）之中，她则是眼神深不可测的绝色女子。

不过，从瓦拉东绘于1883年的《自画像》（*Self-Portrait*）来看，她似乎更想通过正视前方的模样阐释自己坚毅与自信的一面。相对于其他画

《被抛弃的玩偶》 | 1921年 | 129.5cm×81.3cm

苏珊·瓦拉东

家笔下被动、消极的女性形象，瓦拉东呈现的自己，则有着积极、进取的模样。换句话说，这并不是在他人或男性意识中，理想化、典型化的女性形象，而是瓦拉东写实描绘的、独立自主的"自己"。

《被抛弃的玩偶》（*The Abandoned Doll*）是瓦拉东创作于1921年的作品，画中描绘女孩抛弃了活得如同玩偶般的过去，决心成为主导自己人生的主人，这也正是她借以反映自己人生态度的作品。

刚洗完澡的女孩，坐在床上擦拭身体上残留的水珠，双颊仍因沐浴的热气未散而带着红晕。不久后，走进房间的母亲坐在女孩身旁，拿着大毛巾替她擦遍全身。女孩不知为何背对妈妈，移开自己的视线，专注地看着投映在手拿镜里的自己。突然，我们见到女孩脚边有个玩偶——一个与女孩系着同款粉红发饰的玩偶，静静躺在地上。被抛弃的玩偶，正是女孩本人。女孩丢掉玩偶的坚定神情，仿佛宣告着："我再也不是任何人的玩偶，从现在起，我要过属于自己的人生。"

通过绘画，瓦拉东明确地向世人道出自己掌握主导权的独立人生观。我们也不难通过画中女孩发现自己，省思自己的内心是否存在某种来自他人设定的标准，诚实审视一路走来的人生。我不禁想起美国自然主义思想家亨利·梭罗（Henry David Thoreau）的一番话："别为随波逐流失去本心。本来无一物，盲从世界运转，终将一事无成。"

成为独立的个体，理直气壮地享受人生

谦卑聆听，和看别人的脸色、费心费力在意外界评价，完全是两回事。既然这世界存在着任人摆布的人生，当然也存在着独立自主的人生。我想，这正是瓦拉东想向你我传达的人生真谛。

有句话说："好女人死后上天堂；坏女人活着时，便无所不去。"而瓦拉东选择了后者。她拒绝迎合所谓"好女人"的神格化形象，积极满足自己的欲望，痛快地当一个"坏女人"。最后，当时连出身上流社会的女性都难以被认同画家身份，瓦拉东这个家境贫寒的女子，却凭借自己的力量，成为名留青史的伟大画家。

瓦拉东自诩为"暴风的女儿"，即使置身充满变数的人生，她也不减热情地充实自己，拥有比谁都更自由的灵魂。相较于简朴的农作生活，她选择了波澜跌宕的人生；相较于富裕的日子，她选择了荣耀的人生。她，是苏珊娜·瓦拉东，不随波逐流，活出自我本色；锲而不舍地努力，只为活得随心所欲。这样的她，值得获取世人的掌声。

若人生的主体不是自己，实属不幸；能以真实的样貌活着，才是至福。没有任何事情比从自己身上找到自己更重要。我们都需要扪心自问：我有没有理直气壮享受人生的权利？我是否选择了真正想要的人生？我是不是自己人生的主人？

所谓人生的真义，是自由地、主动地把生活变成自己想要的模样。

人生的正面价值，在于对生命的热情与直截了当的决心，并以此编织自己独有的美好生活。即使走在不知何时落幕的人生旅途上，我也相信，只要坦然面对，这趟属于自己的旅程便能永恒留存。期盼我不会被任何人夺去应有的快乐，期盼我能活出自己所信所欲的人生。

动荡，
也是人生的一种美

尽管穷愁潦倒，凡·高自始至终都没有松开画笔。
他用浇不熄的热情，拼了命让丝柏树摇摆晃动地活在自己的画布里，
静静向世人宣告：动荡也是人生的一种美。

跌宕多舛的人生，多希望能为你分担

不知不觉，盛夏的翠绿已悄然无踪，换成了多愁善感的季节——秋天。一阵阵风声传来，掠过树叶，吹散落叶……如此动荡的画面，为何如此美丽？林木如此，青春如此。残余的事物，为何显得如此悲伤？树叶如此，生命如此。霎时，我才顿悟：动荡也好，残余也好，一切都是人生。每逢此时，我总会想起一个人，他只要坐在微风袭来的大树下看

见落叶，便会因眼前所见而联想起死亡。

不幸，突如其来地出现。相识许久的他，因为母亲事业失败，瞬间背上巨额债务。无可奈何之下，他只能放弃憧憬已久的画家梦想，为求糊口四处奔波，筹措贷款、生活费，以及罹癌弟弟的医药费。除了正职，他还得做各种兼职，日夜孤军奋战，一边偿还根本不属于自己的债务，一边咬牙扛起扶养家人的责任。没想到屋漏偏逢连夜雨，他的父亲竟然在此刻倒下，一家人随即面临房屋被拍卖的危机……沉重的压力，也把他的身体逼出大大小小的毛病。

每天早上起床，面对这接踵而来的不幸，他非但没有怨恨家人，反而靠着捍卫他们的念头撑过一天又一天……彻底将他击溃的，并非一次次的不幸，而是无从得知不幸的尽头究竟在哪里。如果事先知道期限，至少还有咬牙苦撑的动力，但置身于深不见底的窘境，只会让人陷入无边的恐慌。不见尽头的痛苦，意味着痛苦根本不会结束……

一切对他来说都是奢侈，遑论梦想……这就是现实。为了还债，赔上全部的青春；身边发生的，不仅是不知何时结束的苦难，还有排山倒海而来的恐惧。

我永远忘不了那一天。接到他久违的电话，我到达约定地点后，只见他低着头，坐在便利商店前积满烟蒂的简易桌椅边。他听见有人靠近的声响仍然动也不动，肩膀微微地颤抖，泪流满面，令见者无不心酸。那样的神情，就像是被整个世界狠狠揍了一顿。我只是轻轻拍了拍他的肩膀，再怎么感伤，这也是我唯一能做的事……

他笑着说"没事！不用担心！"的脸蛋儿，莫名地有种枯槁感，是让人不忍心多看一眼的阴霾吗？看着他悲哀又开朗的背影离去后，走在回家路上时，我总觉得不太安心，有些酸楚，也有些歉疚……隔天，他就死了。

他的笑容，是已成定局的悲剧。愚蠢的我，居然未曾察觉种种不祥的预兆。他为什么就这样离开了？是穷困逼得他喘不过气，让他索性一走了之？还是他耗尽对生命的热情，再也没有任何余力？缓慢走向死亡之路的他，该有多么孤单？我好想问他，只是，死去的他再也无法回答。

有很长一段时间，我的心上就像插了一块碎玻璃，痛得不知如何是好。近来，我不时会想起他，猛然忆起那晚在便利商店前看到的他……这场跌跌撞撞的悲剧人生，真的和文森特·凡·高好像……

文森特·凡·高 —— 倾泻全力，画下对生命的激情

荷兰印象派画家文森特·凡·高（1853—1890）是19世纪的代表性画家，他的名字，似乎也成了某种形容词。冲动的性格，加上正值年少轻狂，他总是和旁人相处不睦，发现自己与世界格格不入后，凡·高便渐渐被孤立在只有自己的天地里。某天，仿佛再也忍受不了阴郁的生活，

《丝柏树与两名女子》 ｜ 1889年 ｜ 92cm×73cm

文森特·凡·高

凡·高为了摆脱冰冷、烦闷、灰蒙蒙的巴黎，决心前往阳光明媚的温暖南方，来到普罗旺斯的小村落——阿尔勒。抵达此处的他，瞬间为眼前景色倾倒，蓝天艳阳抚慰了凡·高，让他逐渐找回心底的那道曙光。

在一片美景中，高耸入云的丝柏树牢牢抓住了凡·高的目光。从凡·高当时写给弟弟西奥的信中，便能清楚看出凡·高的心意："丝柏树总是深得我心，我想把它们当成创作题材，画出像《向日葵》一样的画，我甚至惊讶自己居然从未画过丝柏树。丝柏树就像埃及的方尖碑，拥有绝美的线条与匀称感，还有那股谁也无法比拟的浓绿……蜂拥而上的绿意，着实令人疯狂。"

凡·高在阿尔勒达到了画家生涯的全盛时期，有如神助般完成难以计数的作品，他的代表作《星夜》、《绿色麦田与丝柏树》（*Green Wheat Field with Cypress*）、《星空下的丝柏路》（*Road with Cypress and Star*），都诞生于这段时间。此外，《丝柏树与两名女子》（*Cypresses and Two Women*）也是此时的杰作之一。

沁凉的蓝天下，嫩绿色的原野宛如舞蹈般律动；绽放于田野上的花朵，黄黄红红，自顾自地艳丽。翠绿草原之上，可见直挺矗立的丝柏树。丝柏树紧紧抓牢地面且饱经风霜，光是静静伫立，就足以让人感受其看遍沧海桑田的威严；高耸入云的模样，显露清高、坚毅的气势。历经无数岁月才长成大树的树荫底下，出现了两名路过的女子，她们手中拿着美丽的花。

这幅画创作于凡·高一生中艺术热情最为澎湃的时期。他长时间待在户外作画，将映入眼帘的每一幕景色，尽收画布之中。凡·高并非单纯地描绘双眼所见，而是通过缤纷色彩传达自身的感受与情绪。超凡的笔法不亚于画中的丰富色彩，他以厚涂法呈现丝柏树形态，再以画笔二次上色，增添栩栩如生的质感；利用蜿蜒的线条与简短的笔触，增加树木分量，加倍呈现画面的深度。遍布整幅画面的旋涡，让人切实感受画家猛烈的内心波动与满腔的热情，凡·高仿佛倾泻全身之力，画下对生命的激情。

强风中兀自伫立，才能看遍人生风景

阿尔勒这座避风港虽然使凡·高的性格变得成熟，却也成为悲剧的起点。凡·高在与往来甚密的画家挚友——同住阿尔勒的高更发生一次激烈争执后，随即返家割下自己的左耳，引起轩然大波。后来，因为幻觉与失序行为日渐严重，他被送进了精神病院。历经漫长的痛苦折磨后，凡·高在1890年夏季，举枪射向胸膛，试图自杀。受了枪伤的他，苦苦煎熬了三天，向终生支持并赞助自己创作的弟弟西奥留下"痛苦永无止境"一言后，与世长辞。

凡·高终其一生都艰辛地活在贫穷与痛苦之中，虽然年仅三十七岁

便结束了坎坷人生，但他灌注满满热情与真诚的画作，迄今仍引发世人深刻的感动。迎着强风毫无保留地晃动、仿佛快要倒下般的丝柏树，面临一波接着一波的大风大浪，恰如你我的人生；任凭动荡不止，却始终没有倒下的姿态，也让人想起了你我饱经沧桑的另外一面。

尽管穷愁潦倒，凡·高自始至终都没有松开画笔。他用浇不熄的热情，拼了命让丝柏树摇摆晃动地活在自己的画布里，静静地向世人宣告：动荡也是人生的一种美。

乘着动荡而活。活着，是一种奇迹、一种感动，也是一种悲哀。

哪怕只是一丝薄弱的希望之弦

有名女子瘫坐在朦胧迷雾之中。她弯着腰，好不容易才在看起来滑溜的地球上稳住重心，景象好不惊险。瘦弱的身躯、沾满污垢的双脚，加上浑身伤痕累累的模样，赤裸裸地呈现了女子如何走过遍布荆棘的人生；被白丝巾覆盖的双眼，完全看不见前方。女子唯一能做的，是凭借指尖的触觉与聆听声响的双耳演奏里拉琴。左手紧握琴身，右手小心翼翼地拨弄琴弦，然而，和女子坚韧心境截然相反的脆弱琴弦，仅剩一根，且随时都有断裂的危险。不晓得是否知情的女子，反而更加专注于演奏。

置身伸手不见五指、灰蒙蒙的世界，以及不见尽头的恐惧中，单打独斗的她，绝望至极。在没有任何事物可以掌握、依赖、期待、注视的状态下，女子仍拼命演奏的模样，更加令人心疼。然而，最讽刺的是，这幅画的名称是《希望》（Hope）。"挫折""悲伤"之类的名称，或许更适合这幅画，但画家偏偏将其命名为"希望"。

英国维多利亚时代的画家乔治·弗雷德里克·瓦茨（George Frederic

Watts，1817—1904），在绝望中描绘希望。瓦茨创作此画时，正值19世纪末悲观主义盛行，随着工业革命带来的急速都市化，践踏人权的事件层出不穷，发生各种意外后，人们满心皆是对死亡的恐慌、对未知的不安、对人生感到荒诞……瓦茨本身更因经历了女儿所生幼子身亡的悲剧，历经漫长的煎熬。

因此，尽管当时的评论家曾建议他将这幅画命名为"绝望"，瓦茨直到最后仍没有放弃"希望"。瓦茨曾在写给当时的女友波希·温德罕的信件中提及，"通过画中仅存的一根琴弦依然能奏出乐曲的景象，暗喻希望的存在"，"人，即便身处绝望深渊，也绝不会放弃人生；即便只剩一丝希望，也会搏命存活"。

"画中人遮掩双眼，坐在地球上，用着仅余一根弦的里拉琴，为听见一点儿微弱的声音，全力拨弄琴弦。我，是创作这般充满希望绘画的画家。"

这就是画家。"为了带给人们希望"，是对于这与生俱来的绘画天赋最直接也最困难的回馈。绘画虽不会改变人生，却像是拥有魔力般，赋予人们求生的意念。当面对生不如死的处境时，绘画给我们的答案永远都是——活下去。如果无法使人有动力继续生存，再华丽的画也没有意义。正如作品完成的刹那，这幅画便不再为画家所有，而是由我们所有人共有一样，自画家停下画笔的瞬间，画作所传递的希望，即遍及世界每一个角落。

《希望》 | 1886年 | 142cm×112cm

乔治·弗雷德里克·瓦茨

"通过这幅画，带给更多人希望"，应该就是瓦茨想传达的讯息吧！几年前辞世的南非共和国首位黑人总统，也是人权斗士的纳尔逊·曼德拉（Nelson Mandela），在罗宾岛度过漫长的牢狱生涯时，曾在漆黑的牢房墙壁挂上《希望》，反复注视无数次，这则逸闻使此画更加引人注目。以"艾丽斯·霍桑（Alice Hawthorne）"为笔名的美国知名作曲家赛普提姆斯·温纳（Septimus Winner），也因深受这幅画感动，而创作了歌曲《微声盼望》（*Whispering Hope*）。美国总统奥巴马在其自传《奥巴马的梦想之路——以父之名》（*Dreams from My Father: A Story of Race and Inheritance*）中，则如此形容这件作品——"通过一幅画，让所有人知道希望的曙光往往面临熄灭的危险""从直到最后一刻仍努力想要奏出悠扬旋律的女子身上，见到了炽热的希望"。

　　恰似瓦茨的作品如实描绘了寸步难行的艰困处境，以传达"绝望中的希望"，此时此刻你我最需要的信仰，或许正是相信"希望的存在"。就算情况再怎么恶劣，也一定存在着希望。"希望"一词之所以存在，不就是因为确实存在"希望"吗？就像牢牢握紧最后一根琴弦竭尽全力苦撑的女子，哪怕只是一根脆弱的希望之弦，也千万不要松手；无论琴弦发出的声响多么微小，都一定要坚持下去。因为，这或许是我们仅有的一切了……

　　每当想放开希望之弦时，我便会想起画中女子，然后默默复诵这段话："千万不要放手！奇迹说不定已在两秒前发生。"

图书在版编目（ＣＩＰ）数据

安慰我的画 / （韩）禹智贤著；王品涵译. -- 北京：
北京联合出版公司, 2019.4

ISBN 978-7-5596-2935-7

Ⅰ. ①安… Ⅱ. ①禹… ②王… Ⅲ. ①随笔－作品集
－韩国－现代 Ⅳ. ①I312.665

中国版本图书馆CIP数据核字（2019）第036568号

나를 위로하는 그림 (Soul Comforting Paintings)
Copyright © 2015 by 우지현 (Woo Ji Hyun 禹智賢)
All rights reserved.
Simplified Chinese translation Copyright © 201x by Beijing
United Creadion Culture Media Co., LTD Simplified Chinese translation
Copyright is arranged CHEKPOONG
through Eric Yang Agency

安慰我的画

出版监制：辛海峰　陈　江
产品经理：小　芊
责任编辑：李　伟
特约编辑：杨　凡
责任印制：赵　明　赵　聪
营销支持：安玉竹　祁　悦　宋莹莹　宋玲云

北京联合出版公司出版
（北京市西城区德外大街83号楼9层　100088）
北京联合天畅文化传播公司发行
天津光之彩印刷有限公司印刷　新华书店经销
字数 186千字　880mm×1230mm　1/32　印张 9.5
2019年4月第1版　2019年4月第1次印刷
ISBN 978-7-5596-2935-7
定价：58.00元